UNE VIE DE VOYAGES

Paru de la même auteure

chez EDILIVRE

Happy Cat

*(Version anglaise de
« Une vie de voyages »)*

Fabienne JEANNE

UNE VIE DE VOYAGES

Chapitre 1

LES PREMIERS MOIS

Je vais vous raconter mon histoire, l'histoire de ma vie, une vie bien remplie, pleine d'aventures extraordinaires et parfois aussi de mésaventures.

Je l'ai écrite pour tous ceux qui croient que les animaux quels qu'ils soient n'ont pas d'âme, pour ceux qui pensent que les chats en particulier, ne sont bons qu'à chasser les souris, et pour prouver à tous ceux qui n'aiment pas les animaux, que nous sommes bien des êtres vivants et que même sans la parole, nous savons très bien nous faire comprendre et nous éprouvons des sentiments aussi forts que vous, les êtres humains.

Tout a donc commencé le jour de ma naissance. Un jour d'automne de l'année 2002. Les arbres avaient revêtu leur parure dorée et Dame Nature avait peint les feuilles, du ton le plus jaune aux orangés roux, jusqu'aux bruns caramel. Le soleil de cette fin de journée d'octobre donnait à ces couleurs un reflet lumineux.

Mon père, que je n'ai jamais connu, était un mâle de race « tigré européen ». Comme tous les chats mâles, il était individualiste, ne recherchant pas spécialement la compagnie de ses autres congénères. Puis est arrivée la période de reproduction et il a séduit ma mère. La simplicité et la rapidité d'un amour au clair de lune, un soir de fin d'été, entre ce fier matou, roi du quartier, et ma mère, une chatte de gouttière, née au petit bonheur quelques années plus tôt. Aussitôt après leur accouplement, il avait repris sa vie de joyeux célibataire en la laissant seule pour s'occuper de ses petits.

Ma mère était une jeune chatte de quatre ans, sans pedigree, sans race particulière, mais d'une beauté incomparable. Après neuf semaines de gestation, de cette première portée, lors d'une nuit douce et claire, elle avait mis au monde trois chatons dont moi, trois vrais petits diables. Et c'est ainsi que je partageai mes premières heures avec mes deux autres frères. Ma mère nous léchait très soigneusement avec amour pour stimuler notre éveil. Mes premières tétées, très fréquentes au début, me protégeaient déjà des agressions de l'environnement. Le lait maternel doux et sucré, plein de protéines et de vitamines, a nourri les premières semaines de ma vie. Je ne pesais que 100 grammes à la naissance mais je prenais très vite du poids. Dès le deuxième jour, mon odorat était bien développé et je savais déjà ronronner. C'était le seul moyen pour communiquer avec ma mère. Et ce ronronnement, je le garderais toute ma vie. C'est le résultat d'une émotion intense et agréable. Mon « ronron » me sécurise.

Dès la première semaine, je pouvais déjà m'orienter grâce aux sons et je reconnaissais la voix de ma mère. Elle se chargeait de notre éducation avec une grande patience. Elle nous a appris tous les comportements de communication propres aux félins que nous sommes. Ma toute petite enfance a conditionné mon équilibre et ma future vie d'adulte.

J'étais en bonne santé, petite boule de poils gris-bruns, rayée de deux lignes noires sur le dessus de la tête qui s'étiraient le long de mon corps jusqu'à ma queue. Le « M » bien dessiné sur mon front prouve que je suis de la race « européen » que j'ai héritée de mon père. De chaque côté du dos, des dessins bien symétriques, la marque de ma robe rayée. Mes pattes étaient d'un brun plus clair marbré de noir, l'intérieur d'un blanc crème, les joues, le menton et le poitrail d'un blanc éclatant. De fines moustaches raides, très longues de chaque côté de la truffe et déjà de petits yeux verts, vifs et brillants au regard intelligent. Ma fourrure avait une texture douce et soyeuse, et mon poil était court et dense. Si Dieu existe, qu'Il a créé les animaux et en particulier les chats pour le plus grand bonheur des hommes, Il a imaginé pour moi une chose extraordinaire, un signe très distinctif. J'ai une particularité qui n'appartient qu'à moi et pour laquelle on me reconnaîtrait entre des milliers de chats : sur le bout de ma truffe rose, j'ai trois petits points noirs qui me différencient de tous les autres chats. Bref, j'étais un petit chaton adorable, une peluche vivante qu'on a envie de serrer dans ses bras.

   La famille Savincourt habitait une petite ville de province, dans une rue tranquille, au fond de la cour d'un immeuble ancien aux murs noircis par des années de pollution. Grand, maigre, légèrement voûté, avec une tête qui semblait trop petite au bout d'un si long corps, des joues creuses mangées par une barbe hirsute, les cheveux crépus en broussaille, fatigué, usé, les traits marqués, Adrien le père de famille, n'avait aucune particularité. Il semblait quelconque, apathique et indifférent. Âgé de quarante-huit ans, il paraissait quelques années de plus que son âge. Sa voix rauque, sonore et ténébreuse éclatait comme le tonnerre un jour d'orage. Son maigre salaire de simple ouvrier dans la seule usine de la ville, ne suffisait plus à nourrir sa famille, logée dans un appartement, au cinquième étage sans ascenseur, bien trop petit et avec juste un minimum de confort. Simone, son épouse, quarante-trois ans, sans emploi, les cheveux déjà grisonnants, petit bout de femme d'à peine cinquante kilos et de santé fragile, s'occupait de leurs quatre enfants, qu'elle avait eu sur le tard : Ernest, l'aîné, intrépide et turbulent, querelleur et batailleur, âgé de onze ans, toujours prêt à faire les quatre cents coups, venait d'entrer au collège en classe de sixième. Antoine, chétif et fragile, huit ans, suivait difficilement sa classe de CE2. Robert et Jacqueline les petits derniers de cinq ans, s'épanouissaient en maternelle.

Ma mère, mes frères et moi faisions le bonheur de cette petite famille, du moins je le croyais.
Au fil des jours, ma curiosité grandissait. M'intéressant à tout ce qui m'entourait, je découvrais de nouvelles odeurs, de nouvelles senteurs, des objets insolites et différents jouets, parmi lesquels une balle aux couleurs éclatantes, qui devaient m'occuper et m'aider à me développer.

Mais depuis quelques temps, la famille Savincourt était poursuivie par la malchance. Ernest après un grave accident de vélo, s'était retrouvé immobilisé pendant plusieurs semaines avec la jambe droite dans le plâtre. Dans l'impossibilité de suivre les cours à l'école, Albert son meilleur copain de classe, se chargeait de lui apporter chaque soir ses devoirs à faire, afin de ne pas prendre trop de retard. Antoine, lui, avait attrapé une vilaine coqueluche qui le fatiguait terriblement. Et tout ceci avait occasionné des frais et des soucis supplémentaires et imprévus, et cela au plus mauvais moment.

Depuis plusieurs mois déjà, le pays subissait une crise économique et financière qui s'aggravait de semaine en semaine et qui s'étendait maintenant à toute l'Europe. Des centaines d'entreprises fermaient, et même des banques faisaient faillite. Des milliers de gens, d'employés, d'ouvriers et même des cadres, se retrouvaient au chômage. Ces dernières semaines, pour un coût de production à moindre frais, le directeur d'Adrien avait décidé de délocaliser son usine dans un pays de l'Est, sans se préoccuper des conséquences. Sans prendre l'avis de ses collaborateurs, de son équipe de direction, ni même du personnel et encore moins des syndicats, sa décision avait été prise. Des dizaines d'ouvriers seraient envoyés là-bas et Adrien se voyait menacé. Et le sort avait continué à s'acharner sur eux. Cet automne-là, une violente tornade s'était abattue sur l'usine et avait emporté une grande partie du toit. De nombreuses machines avaient été endommagées, entraînant l'arrêt de la production. Aussi un grand nombre d'ouvriers dont Adrien Savincourt s'était retrouvé au chômage technique pour plusieurs semaines. Sa situation financière empirait de jour en jour.

Mais la pauvreté n'explique pas tout. Monsieur Savincourt, que je n'avais pas eu le temps d'apprendre à connaître, prit un matin une terrible décision. Il ne pouvait pas - ou ne voulait pas – garder trois nouveaux chatons. Malgré tout, il ne pouvait pas se résigner à nous tuer de sang-froid. Alors très tôt, alors que le jour n'était pas encore levé, et que toute sa petite famille dormait encore, il nous enferma tous les trois dans un sac de toile, descendit l'escalier sans bruit et sortit discrètement pour aller nous abandonner, mes frères et moi, dans les rues de la ville, sans honte, sans scrupules et parfaitement conscient de son geste. Dans les heures qui suivirent, mes deux chatons de frères s'égarèrent sans que je m'en aperçoive. C'est ainsi que je perdis leurs traces. Je ne devais plus jamais les revoir, pas plus que ma mère, l'être le plus cher au monde de ma très courte existence.

Dans ce monde que je croyais encore innocent et pur, comment peut-il exister des êtres aussi cruels, égoïstes et surtout aussi lâches ! Car c'est d'une lâcheté si veule, d'une bassesse si méprisable que d'agir ainsi. Une solution moins cruelle eut été de nous confier à un refuge de la SPA ou à une autre famille qui aurait pris soin de nous, au lieu de nous abandonner à une mort quasi certaine. Je n'ai d'ailleurs jamais su ce qu'étaient devenus mes autres frères, ce qui me rendait encore plus malheureux. Je n'avais que quelques semaines d'existence et déjà pour moi la vie avait un goût amer ! Mon avenir qui aurait pu être d'un rose tendre venait de virer au gris sombre et même au noir le plus ébène.

Chapitre 2

PREMIER FOYER

Je me retrouvai donc tout seul, apeuré, affamé, dans cette ville bien trop grouillante pour moi, les rues fourmillant d'humains et de véhicules circulant en tous sens. Une population aussi hétéroclite que disparate y vivait et cohabitait sans la moindre gêne. J'entendais des bruits sourds, puissants, stridents, des cris perçants, des hurlements de sirènes, des coups de klaxon, des crissements de pneus. Tout ce vacarme oppressant, cette agitation inquiétante, ces bruits assourdissants résonnaient dans mes oreilles si fragiles. J'étais perdu dans ce monde infernal, un monde fou où tout s'agite, où tout va à une vitesse folle, où je n'avais aucune chance de survivre sans parents, sans personne pour s'occuper de moi et me nourrir.

L'hiver était arrivé en avance cette année-là. Le temps était devenu glacial, un vent cinglant soufflait sur la ville. Déjà, dès la fin d'après-midi, la nuit était tombée très tôt en cette fin novembre. Une nuit épaisse et sombre m'enveloppait de son voile brumeux.

Tout était si gris, pesant, étouffant, angoissant. Je ne voyais que des ombres aux formes étranges autour de moi. La peur m'envahissait. J'étais terrorisé. Et malgré tout, aussi petit que j'étais, l'instinct m'avait poussé à trouver refuge dans la cavité d'un mur de pierre pour échapper au vacarme de la rue et aux odeurs malsaines. J'avais réussi tant bien que mal, à escalader ce mur infranchissable à la seule force de mes pattes et je m'étais blotti dans ce creux minuscule pour essayer de trouver un peu de chaleur et de m'écarter de tout danger.

La pluie commençait à tomber, une pluie pénétrante, fine et perçante, une vraie pluie d'hiver ! J'étais transi de froid, je tremblais et je grelottais. Je me mis en boule, la truffe enfouie entre mes pattes car elle est très fragile. Au bout d'un certain temps, je finis par m'endormir d'un profond sommeil, croyant ne plus jamais me réveiller. Je ne sais combien de temps a duré ce sommeil.

Steven passait par là. Casquette de velours noir vissée sur la tête, large écharpe enroulée autour du cou, jean rouge et grosse veste à carreaux sur un pull col roulé en lainage épais, trempé jusqu'aux pieds, il rentrait de son travail d'un pas rapide et décidé. Mécanicien depuis plusieurs années déjà dans un petit garage à l'autre bout de la ville, son métier était devenu une routine. La réparation des voitures, les vidanges, les révisions des freins, les soupapes, les bobines, les alternateurs… il aurait pu démonter et remonter une voiture les yeux fermés. Les mains dans la graisse et le cambouis à longueur de journée, les moteurs et autres mécaniques n'avaient plus aucun secret pour lui. Tout juste la trentaine, un corps élancé et sportif, mesurant un bon mètre quatre-vingt-neuf, les yeux noirs, le regard droit, les cheveux courts et foncés, il était resté célibataire. Taciturne et plutôt timide, il vivait au deuxième étage d'une HLM à la sortie de la ville. C'est en rentrant chez lui, les mains relevées sur son col et longeant les murs pour se protéger du vent, qu'il m'aperçut.

D'abord surpris par cet étrange petit corps rond, recroquevillé, puis attiré par quelques gémissements plaintifs poussés dans mon sommeil, il s'approcha de moi, et découvrit un petit chaton, le petit chaton que j'étais. Attendri par ma jolie frimousse, il se pencha et me prit avec une grande précaution dans ses bras musclés. Il m'examina rapidement et comprit aussitôt que j'avais été abandonné. Il m'enveloppa délicatement dans sa chaude polaire écossaise. Je paraissais si minuscule dans ses bras. J'ouvris lentement un œil mais trop épuisé, bercé par sa chaleur, je n'eus même pas l'idée ni la force de m'enfuir. Mon sixième sens m'indiquait que j'étais sauvé. Je refermai lentement les yeux et m'abandonnai à mon propre sort. Sans aucune hésitation, jetant un rapide coup d'œil autour de lui dans cette rue déserte, Steven décida alors de m'adopter et m'emmena chez lui.

Je m'installai donc dans ce nouveau foyer. Mais séparé de ma mère si brutalement, son alimentation devenue inexistante pour assurer ma croissance, Steven fut obligé de me nourrir au biberon avec un lait de remplacement. Mon sevrage fut donc très précoce mais réussi grâce à la grande attention de Steven. Il était très méticuleux, très maniaque, trop maniaque peut-être. Chaque chose devait être rangée à sa place, au centimètre près ! Il avait ses habitudes et remarquait d'un simple coup d'œil si un objet avait été déplacé. Bref, la vraie vie d'un célibataire endurci avec ses petites manies.

Mais je ne supportais pas de rester tout seul, toute une longue journée, une journée qui me paraissait interminable. Les heures semblaient s'arrêter. Le temps s'éternisait. Alors, comme je m'ennuyais, je devais me trouver une occupation. Je faisais donc mes griffes sur le canapé, puis sur le fauteuil ou encore sur le tapis ou les rideaux du salon. J'avais même découvert un nouveau jeu qui constituait pour moi à arracher le papier peint le long du mur du couloir. Un papier d'une couleur si terne, parsemé de motifs géants encore plus tristes, qui ne me plaisait pas du tout et que je trouvais particulièrement affreux. Ensuite je m'amusais avec les petits morceaux que je parsemais un peu partout dans l'appartement. Je jouais également aux billes avec mes minuscules croquettes que je m'amusais à répandre partout sur le carrelage de la cuisine. J'avais également repéré une proie inespérée sur le coin du buffet : Julot, un joli petit poisson rouge dans son bocal. Je grimpais lestement sur le meuble et je me disais ; « voilà un dîner de roi pour ce soir ! » mais le poisson était enfermé dans son aquarium ! Alors la tête à l'envers, en équilibre instable, une patte tendue en avant, j'essayais de capturer cette proie insaisissable. Mais après plusieurs tentatives infructueuses, de nombreuses chutes et moult essais ratés, je compris très vite que je n'en ferais jamais mon repas, et j'en éprouvai une grande déception et une frustration immense.

Quand le soir arrivait, Steven, de retour de son travail, fatigué par une journée harassante, découvrait alors les désastres. Il était furieux. Au lieu des câlins que je réclamais, je recevais une méchante correction. Oh, il ne me frappait pas, non, mais je l'entendais crier sa colère, ce qui me terrorisait encore plus. Mort de peur, j'allais alors me réfugier sous le lit et je n'en bougeais plus jusqu'au petit matin.

De nouveau, une intuition me fit pressentir un nouvel abandon. Eh oui, la vie est ainsi faite. Quand on croit tenir un bonheur, aussi mince soit-il, il est bien trop fragile et s'envole sans qu'on ait eu le temps de le retenir. Mais je ne m'avouais pas vaincu si vite et ne sachant pourquoi, je faisais confiance au destin. La vie si courte ne m'avait pas épargné jusqu'ici. J'avais déjà connu tellement de malheurs en si peu de temps, que les choses ne pouvaient que s'améliorer. J'avais échappé à l'abandon puis à une mort certaine, rien ne pouvait être pire !

Au bout de quelques jours, épuisé et résigné, à bout de force et de patience, tant j'avais mis son appartement dans un triste état, Steven décida de me confier à Laura une de ses amies très proches. Ils s'étaient connus très tôt sur les bancs de l'école primaire et avaient poursuivi leurs études dans les mêmes classes puis s'étaient perdus de vue pour apprendre leur métier respectif, chacun très différent. Ils ne se voyaient plus depuis plusieurs mois mais ils étaient toujours restés en contact par téléphone ou par mail. Puis un jour, ils s'étaient retrouvés par le plus grand des hasards, grâce à un ami commun. Steven la connaissait suffisamment pour se souvenir que Laura avait toujours eu la passion des animaux. Il savait qu'il pouvait compter sur elle et qu'elle accepterait la mission qu'il voulait lui confier. C'est à dire lui demander de prendre soin de moi comme il n'avait pas pu le faire lui-même, puisque absent trop souvent. C'est donc ainsi que je fus recueilli par Laura, un froid matin d'hiver.

Me voilà donc tout juste âgé de quelques mois, et déjà dans un troisième foyer. Laura était une jeune femme, la trentaine, très élégante et dynamique, la taille fine, le corps svelte et élancé. Ses cheveux frisés, châtain clair, ondulaient sur ses épaules. Tout juste mariée, elle venait d'emménager dans un joli appartement qu'elle avait décoré avec grand soin. Elle travaillait à mi-temps dans une boulangerie, seulement trois jours par semaine, ce qui lui laisserait tout le temps de s'occuper de moi. C'était tout ce que je demandais et espérais. Et c'est ainsi que je découvris un nouveau domaine, le bonheur d'un foyer chaleureux.

Laura avait toujours rêvé avoir un animal, chat ou chien, mais l'occasion ne s'était jamais présentée. Et voilà une opportunité qui lui arrivait comme un cadeau du ciel, un vrai cadeau pour son trente-deuxième anniversaire en ce mois de février. A l'annonce de mon arrivée si inattendue, elle s'était empressée de dévaliser les magasins pour y trouver tout le nécessaire dont j'aurais besoin. Elle avait donc pensé à installer un joli coussin rouge tout douillet, rien que pour moi et bien assez grand pour y dormir dans un petit coin tranquille du salon. Autre charmante attention, elle avait pris soin d'isoler mon bac à litière par un rideau sombre derrière lequel je pouvais me cacher. Aucun problème non plus pour chercher ma nourriture. Ma gamelle était bien servie et toujours pleine de bonnes choses et de délicieuses croquettes. Je profitais de la chaleur de l'appartement où je me réfugiais sur le radiateur pour rêver. A l'extrémité de la pièce, une grande baie vitrée ouvrait sur un balcon tout en longueur. J'avais le droit de m'y promener et de m'y prélasser les jours de soleil quand il ne faisait pas trop froid. J'appréciais particulièrement cet endroit qui me permettait d'avoir une vue sur l'ensemble de la rue puisque situé au troisième et dernier étage d'une petite cité récente et moderne. Dès les premiers jours, j'avais repéré une famille de chauves-souris qui s'était installée juste sous le toit. Je pouvais donc les observer à ma guise. L'envie était trop tentante de monter sur le rebord de la rambarde pour essayer de les atteindre. Mais mon courage a des limites que je n'osais franchir. Toutefois il m'arrivait souvent de claquer des dents en les observant, fasciné par cette proie inaccessible. Je mimais la morsure fatale infligée à ma victime en enfonçant mes crocs dans sa nuque entre les vertèbres. Cette technique de haute précision provoque une mort quasi instantanée en sectionnant la moelle épinière. D'où la nécessité de s'exercer régulièrement pour bien la maîtriser.

Les jours et les semaines s'écoulaient lentement, paisiblement. J'étais heureux. Je n'avais aucune envie de faire des bêtises. On s'occupait enfin de moi. On me dorlotait. On me chouchoutait. J'avais plein de câlins à longueur de journée. On prenait le temps de jouer avec moi. Je courais partout. Je me défoulais. Je pourchassais des souris imaginaires. Je balayais l'air à grands coups de pattes. Je poursuivais en zigzag ces proies imaginaires. Je capturais un insecte sur un brin d'herbe pour le libérer aussitôt. Je sautais brusquement dans le vide. Toutes ces activités propres à tous les félins, n'existent que dans ma tête jusqu'à ce que, mort de fatigue, je me repose sur la couverture moelleuse du lit pour y finir ma nuit.

J'étais maintenant âgé de quatre mois. Je réclamais une alimentation plus carnivore en bon félin que je suis. J'étais dans ma phase de croissance intense, de consolidation qui devait ensuite me conduire à l'âge adulte.

Laura avait choisi pour moi deux prénoms : Tennessee ou Kansas. Car il faut bien dire que j'étais si petit qu'elle ne savait pas encore si j'étais un mâle ou une femelle. C'est ainsi que je fis ma première visite chez le vétérinaire pour y subir un premier examen. Le docteur, Vinciane, jeune femme passionnée par son métier, lunettes sur le nez, élancée, la taille fine, cheveux châtains tirés en arrière, vêtue d'une blouse blanche sur un chemisier rose clair, m'installa sur une grande table au milieu de la pièce. Les oreilles en arrière, la queue entre les pattes, j'appréhendais cet instant. Je fus examiné sous tous les côtés. Elle me tâtait le ventre, me palpait le dos, les pattes. Elle me regardait dans la gueule – et ça je n'ai pas aimé du tout – je lui faisais savoir en émettant un grognement sourd et mécontent. Elle continuait de m'ausculter les yeux, les oreilles et tout le reste. Finalement, en soulevant ma queue et en regardant l'espace plus écarté entre mes deux orifices, elle confirma que j'étais bien un mâle. Je m'appellerais donc Kansas pour la joie de tous. Ce nom est inscrit en majuscules sur mon carnet de santé et j'en suis très fier. J'aime ce nom, il me va bien. Puis la visite continuait. Elle me piquait contre je ne sais quelle maladie mais c'était obligatoire et je me laissais faire sans miauler.

      De retour chez Laura, les jours et les semaines s'écoulaient tranquillement jusqu'à une nouvelle visite chez le vétérinaire le mois suivant. Je sentis aussitôt un événement inhabituel car depuis la veille au soir, on me supprima ma gamelle et surtout ce qu'elle contenait ! Et on me laissa à jeun jusqu'au lendemain matin. Puis on m'enferma – non sans difficulté car c'était bien la première fois – dans une caisse rouge en plastique où je me sentais bien trop à l'étroit. Je n'étais plus libre de mes mouvements. J'étais coincé dans une boite, ratatiné sur moi-même ! On me transporta de nouveau jusqu'au cabinet vétérinaire. Après m'avoir pesé, je retrouvais Vinciane, qui m'injecta un tranquillisant pour me déstresser. Elle m'administra ensuite une piqûre dans le haut du dos et je m'endormis aussitôt. Elle profita de mon sommeil pour effectuer sur moi une opération délicate qui devait me transformer pour toujours. Cette stérilisation du chat mâle est une opération courante dont le principal objectif devait modifier mon comportement. Selon eux, les conséquences seraient positives pour mon espérance de vie et mon confort. Un des inconvénients est une prise de poids qu'il faudrait surveiller au fil du temps. Après plusieurs heures, à mon réveil, toujours coincé dans ma boite, j'étais tout endolori, comme hypnotisé. A mon retour à la maison, encore à moitié endormi, je ne sentais plus mon poids sur mes pattes et je perdais l'équilibre. Je tombais à chaque fois que je voulais marcher. Je mis une journée entière à récupérer mes forces et redevenir le jeune félin solide et résistant que j'étais.

Je continuais à couler des jours heureux dans ce foyer tranquille. Pourtant une sensation particulière me perturbait. La vie avait changé. Au fil des mois, le ventre de Laura s'était arrondi. Elle pleurait souvent et se sentait fatiguée. Il est bien connu que le bonheur ne dure pas. Un mauvais pressentiment bousculait mes pensées. J'allais de nouveau être abandonné, jeté à la rue. Les pires idées noires envahissaient mon esprit, remplissaient mes nuits de cauchemars. Je ne mangeais plus. Je ne dormais plus. Je redevenais agressif, sauvage, insupportable. Je recommençais à faire des bêtises. Mais c'était sans compter sur la gentillesse de ma maîtresse, sa bonté, sa générosité. Car elle m'aimait vraiment et ne pouvait se résoudre à se séparer de moi. Elle attendait un heureux événement, un bébé qui allait transformer sa vie. Elle attendait depuis si longtemps cette naissance que je ne pouvais lui en vouloir. Il fallait donc se résoudre à une nouvelle séparation. Elle me prit dans ses bras et me parla doucement. Je ne comprenais pas ses mots bien sûr, mais je ressentais tout l'amour qu'elle avait pour moi. Je sentais bien au fond de moi que jamais elle ne m'abandonnerait vraiment. Alors je redevins calme et me mis à ronronner dans ses bras. Elle me serra très fort et me couvrit de câlins et de caresses.

Elle descendit lentement les escaliers. Elle avait pris soin de m'envelopper dans une épaisse couverture car, même si on était à la fin de l'hiver, il faisait encore très froid à la fin mars dans cette région. La neige avait recouvert les toits d'un énorme manteau blanc et je sentais, malgré toute son attention, le vent glacial siffler sur mes oreilles. Ce jour-là devait être ma première et véritable grande sortie. Après quelques mètres, elle ouvrit la portière de sa voiture et me déposa affectueusement sur le siège passager. Je n'avais que le bout de la truffe qui dépassait de la couverture. Laura se pencha sur moi et je sentis quelques larmes couler sur ma tête. Sa tristesse m'envahit à mon tour.

  Et c'est ainsi que je devais quitter un foyer chaleureux pour une autre maison tout aussi douillette. Mais je ne savais pas encore qu'une autre vie commençait alors pour moi.

Chapitre 3

LE VILLAGE

En effet, j'étais bien loin d'imaginer la toute autre vie qui allait commencer pour moi. Mais, n'anticipons pas... Laura m'avait conduit jusque chez ses parents, à plusieurs dizaines de kilomètres de là. Ce n'était plus un petit appartement mais une grande maison qui m'accueillait.

Rodolphe et Floriane habitaient dans un tout petit village, tranquille, perdu en pleine campagne, un coin de nature loin de ces grandes villes bruyantes et agitées. La construction du village remontait au 17ème siècle. En ce temps-là, on bâtissait les maisons les unes contre les autres pour garder leur chaleur. Elles n'avaient en général que deux grandes pièces, pas encore de sous-sol bien sûr, juste parfois un étage qui servait souvent de grenier. Sur le côté, une grange tout en longueur pour y entreposer le bois de chauffage et le petit matériel agricole. Derrière chaque maison, les jardins correspondaient entre eux séparés par une clôture en bois ou parfois même juste un simple chemin. Des décennies auparavant, le village avait été très animé. De nombreux petits exploitants agricoles le faisaient vivre par leurs élevages de vaches, moutons ou porcs ou encore la culture de différentes céréales, blé, maïs et orge. Mais avec le progrès et la modernité, les plus jeunes, désintéressés par ce genre d'existence, qui ne faisaient plus suffisamment vivre les familles, avaient déserté la campagne pour aller s'installer en ville et y trouver un métier bien plus rentable. Ce village était désormais si tranquille qu'il en paraissait parfois sinistre. Déjà à l'époque, deux cent cinquante âmes seulement y vivaient.

Le village, longeant un canal, était encaissé dans un vallon au pied d'un coteau entre une jolie petite rivière et les bois. Il n'existait que deux rues principales qui se rejoignaient en ovale. On ne pouvait y entrer ou en sortir que par une seule et unique route depuis la route départementale. Les autres petites rues adjacentes conduisaient soit en impasse vers l'église en hauteur près du cimetière, soit se terminaient dans les champs ou dans les bois. A la périphérie, d'épaisses forêts l'entouraient, peuplées de grands arbres sombres, denses, immensément hauts qui abritaient une multitude d'animaux, du plus petit hérisson au grand cerf, du petit lapin au sanglier sauvage. J'adorais déjà ces forêts sans encore en savoir pourquoi.

À peine quelques années seulement en arrière, on y trouvait encore un café où les jeunes se réunissaient pour discuter, boire un verre ou jouer à tous ces jeux électroniques à la mode du moment, flipper ou autre baby-foot. Internet n'avait pas encore été inventé et les téléphones portables n'existaient pas. Ils aimaient aussi chanter et faire de la musique, en écoutant les disques des vedettes du moment. Ils organisaient parfois des soirées-danses le samedi dans la salle du fond pour ne pas déranger les clients habituels venus faire leur partie de belote hebdomadaire.

A l'entrée du village, au bord de la route départementale, visible de loin, une croix en fer forgé, peinte en blanc, surmontait le monument aux morts où étaient inscrits le nom des quelques villageois disparus pendant la guerre. Tout autour un carré de pelouse avec un parterre de jolies fleurs colorées pour leur rendre hommage.

Quelques centaines de mètres plus loin, au fond de la petite impasse, sur la droite, dans une énorme bâtisse rectangulaire, construite tout en pierre, solide comme une vraie forteresse, une grande boulangerie tenue par la même famille depuis plusieurs générations. L'odeur du bon pain frais chaque matin, ainsi que celle des croissants et autres viennoiseries, embaumaient toute la rue. La boutique servait également d'épicerie pour ravitailler en produits de tous genres les villageois ou les bateliers. Car en effet, le canal paisible traverse la région de part en part, reliant le Rhin, fleuve de l'Est, à la rivière la Marne à l'Ouest. Encore à cette époque, de multiples péniches y circulaient transportant toutes sortes de marchandises, bois, charbon ou céréales.

Pendant que les mariniers s'affairaient au passage de l'écluse numéro 14 du village, leurs femmes venaient se réapprovisionner en vivres jusqu'à leur prochaine escale, et aussi y acheter les célèbres pâtés à la viande, renommés dans toute la contrée, que le boulanger confectionnait à la perfection.

   Au milieu de la rue principale, un énorme bâtiment servait d'école. Construit dans un cube presque parfait, il accueillait la vingtaine d'élèves du village. Ceux-ci arrivaient de bon matin, le cœur gai, chantant à tue-tête, leur cartable sur le dos, rempli de cahiers, livres et crayons en tous genres. Ils sautaient, jouaient au ballon, aux billes, à la marelle, à la toupie ou encore aux osselets. Ils couraient dans tous les sens à travers la cour carrée recouverte de terre brune ou tournaient autour des quelques platanes. Quand le temps était à la pluie, les enfants s'abritaient sous le préau de bois. Après une courte récréation, l'instituteur sonnait la cloche accrochée au mur pour les rassembler. Petit homme trapu, fines moustaches noires, le nez chaussé de grosses lunettes en écaille, il frappait deux fois dans ses mains puis comptait ses élèves. Les enfants obéissants savaient alors se mettre en rang deux par deux. Ils gravissaient les quelques marches du perron et se regroupaient dans le couloir étroit sur les murs duquel s'alignaient de sages petits porte-manteaux rouges. Ils rentraient ensuite en silence, s'asseyaient chacun à leur place respective devant une petite table en bois à deux places, attachée au banc. L'encrier en verre ou porcelaine, incrusté dans la table, pour leurs porte-plumes, était rempli chaque matin par l'instituteur. Le pupitre amovible permettait d'y ranger leurs affaires, cahiers, ardoises pour le calcul, ou autres buvards. La seule et unique classe sentait bon l'encre, la craie et le bois ciré et bien entretenu par le maître d'école lui-même, qui logeait juste au-dessus au premier étage du bâtiment. L'instituteur s'installait alors à son bureau campé sur une estrade bancale et craquant sous chacun de ses pas, pour dominer et surveiller ses élèves. Juste à côté, un gros poêle en fonte que les élèves, chacun leur tour, remplissaient de grosses bûches de bois afin de réchauffer la pièce pendant les longues et glaciales journées d'hiver. Sur les murs, peints d'un beige pâle tirant presque sur le gris, des cartes de France pour expliquer la géographie. Sur les étagères des dizaines de livres, dictionnaires ou autres documents utiles. Le tableau noir servait pour les exercices, les problèmes de trains qui se croisent ou de robinets qui fuient. Les cours pouvaient alors commencer. La journée se déroulait tranquillement entre la succession des rois de France, l'algèbre, la géométrie et l'arithmétique, les dictées, la conjugaison et la grammaire, la source des fleuves et les départements de l'hexagone. Pour les récompenses, le maître distribuait des bons points. Au bout de dix, il donnait une image en couleurs. Et le meilleur élève de la semaine en recevait deux pour sa plus grande fierté. A l'heure de midi, les enfants s'échappaient et c'était le seul moment d'animation du village. A leur retour, le maître se plaisait à faire crisser sa craie sur le grand tableau noir pour rétablir le calme et réclamer le silence. L'après-midi se déroulait exactement comme le matin, et les jours se suivaient les uns après les autres.

Au début de la rue principale, sur la gauche, l'ancienne bergerie, une immense grange toute en longueur, dont le sol, recouvert de foin et de paille servant de couchage, abritait autrefois plus d'une centaine de moutons. Sur la porte en bois peinte en gris, étaient suspendues des dizaines de plaques reçues lors de différents concours. Elles étaient la fierté du berger. Il était aidé de son chien Oups, un Border Collie noir et blanc, à la silhouette athlétique mais harmonieuse. D'un caractère ardent, vigilant, tenace, travailleur, un animal dynamique et docile, qui connaissait parfaitement son rôle de gardien et répondait aux ordres que son maître donnait en allemand. Plusieurs fois par jour, le vieil homme, vêtu de sa longue houppelande noire et de son large chapeau de feutre, sa canne à la main, les menait jusque dans les prés. Oups avait un besoin irrépressible de rassembler ces moutons. Il possédait une grande force, celle de les hypnotiser du regard. Il travaillait de manière très précise en douceur. Il était un auxiliaire précieux pour son maître dans son travail. Les moutons traversaient alors les rues du village, en déambulant sur toute la largeur, bêlant à tue-tête, laissant souvent des traces légèrement odorantes de leur passage. Ce qui avait amené quelques médisants et malintentionnés à décider de faire construire au bout de la rue qui donnait sur les bois, à la sortie du village, une nouvelle bergerie plus moderne et plus grande, évitant ainsi les bruits et les nuisances, qui donnaient pourtant tout son charme à un si joli village campagnard.

Autrefois, d'autres animaux traversaient les rues. A la fin de l'été vers le mois de septembre après la récolte, certains villageois chargeaient des kilos de pommes de terre sur leur remorque branlante tirée par un ou deux magnifiques chevaux de labour. Ces animaux de race puissante, imposants du fait de leur taille et leur force effectuaient également le halage des péniches le long du canal. Ils ont malheureusement trop vite disparu avec l'apparition des véhicules agricoles et autres engins motorisés pour de meilleurs rendements.

Et ce village, encore empreint de cette tranquillité, n'était désormais plus perturbé que par le passage de ces nouveaux tracteurs chargeant du bois de chauffage sur leur remorque.

Tout à l'autre bout du village, sur la grande place des romains, une jolie petite fontaine en pierre, décorée de deux magnifiques têtes de chien, ornait un lavoir rectangulaire où autrefois, des lavandières venaient faire leur lessive plusieurs fois par semaine. Agenouillées et courbées, elles brossaient leur linge puis le frappaient avec un battoir, puis, rincé, elles le ramenaient dans une brouette pour le faire sécher et blanchir au pré. Elles se réunissaient dans ce lieu de commérage pour se retrouver ensemble, échanger les dernières recettes à la mode et discuter de la vie du bourg. Ce lavoir avait remplacé le précédent, bâti un peu plus loin sur la droite, lui aussi en pierre, mais qui tombait en ruine et devenait trop dangereux.

En quelques jours toute la neige avait fondu. Le temps était clair et frais et le soleil revenu commençait à réchauffer de nouveau la terre. Quelques vieillards, béret sur la tête, discutaient devant chez eux, profitant déjà de la douceur des premiers rayons du soleil d'un printemps renaissant. Ils portaient encore de grosses vestes en lainage épais car leur âge avancé les avait rendus plutôt frileux. Certains, assis sur un banc instable ou sur une chaise aussi peu solide qu'eux, d'autres appuyés sur leur canne. Leurs conversations étaient souvent agitées parfois même très animées, puis retombaient tout aussi vite. Ils brandissaient leur canne violemment pour exprimer leur désaccord jusqu'à même hausser le ton malgré leur voix éraillée par le temps. Leurs sujets de conversation étaient aussi divers que curieux, aussi variés qu'étonnants. Parfois, ils s'attardaient plus longuement sur le temps détraqué des saisons. En effet cette année-là, l'hiver avait été exceptionnellement long et glacial. La température était même descendue jusqu'à moins 28°. Il y avait eu de fortes bourrasques et la neige avait souvent rendu les routes impraticables. « De notre temps, disaient-ils, les saisons tournaient bien. Mais depuis que les scientifiques envoient des satellites sur la lune ou à travers l'univers à la recherche d'autres planètes, même le soleil s'y perd ! ». Aussi se réjouissaient-ils du retour du printemps même tardif. Il leur arrivait également de parler de la grande guerre – mais en existe-t-il de « petite » ? - ou même parfois de la précédente que certains d'entre eux avaient connue. Ils se remémoraient les heures difficiles, les tickets de rationnement, les combats dans les tranchées, le froid, la peur, la frayeur même, les bombardements, l'horreur, l'occupation par l'ennemi de « leur » pays, de « leur » territoire qu'ils défendaient si dur avec tant d'acharnement. Il leur arrivait aussi souvent de se souvenir de leurs amis disparus à cette période qu'ils avaient partagée ensemble. Puis enfin, la conversation déviait sur la vie d'aujourd'hui. Ils avaient vu cette vie évoluer, les progrès avancer à grands pas. Ils réalisaient que la vie était devenue plus facile grâce à ces nouvelles machines agricoles dont la plupart ne comprenaient pas le fonctionnement à la perfection. Mais ils étaient convaincus que ce changement était bénéfique pour tous. Leurs enfants et les générations suivantes profiteraient au maximum de cette nouvelle technologie et c'était tant mieux. Car pour eux, la vie se trouvait derrière. Leur avenir, malgré une espérance de vie plus longue, devenait bien mince et rétrécissait comme peau de chagrin au fur et à mesure des jours et des mois. Pour les plus optimistes et les plus chanceux, il s'agissait de plusieurs mois voire plusieurs années. Pour les autres, atteints de maladie non encore guérissable par la médecine ou tout simplement usés par cette vie difficile remplie de durs labeurs, de rudes travaux usants, ils n'osaient même pas y penser. Mais tous avaient bien vécu, ils en étaient conscients et malgré tout, ils étaient satisfaits de leur existence.

Chapitre 4

L'INSTALLATION

La voiture s'arrêta enfin sur la droite, en haut de la rue principale, devant une très ancienne maison, construite dans les années 1660 sans aucune certitude de la date exacte. Laura franchit la porte du garage tout en longueur. Puis toujours blotti dans ses bras, j'entrai dans une cuisine spacieuse et claire, la pièce principale. Il paraît que les chats ne reconnaissent pas les couleurs. Mais moi, j'ai aussitôt remarqué les murs carrelés de bleu clair, de grands placards blancs accrochés en hauteur. Mais surtout je devais repérer le plus important : celui où on allait ranger mes croquettes !

Tous ces changements successifs depuis ma naissance m'avaient perturbé terriblement, aussi j'avais besoin de m'organiser très vite un nouveau domaine de vie pour me rassurer et me procurer des repères.

A peine mes pattes posées par terre, tous mes sens se trouvèrent en alerte. J'allai donc explorer mon nouvel espace. Je posai ma truffe sur tous les coins des meubles. Je frottai la base de mes moustaches pour y déposer mes phéromones secrétées par des glandes odoriférantes, ces substances chimiques porteuses de messages, afin de marquer mon nouveau territoire de mon empreinte. Pour mettre en mémoire toutes ces odeurs nouvelles, j'entrouvris ma gueule, je retroussai ma lèvre, j'inspirai par la bouche et j'exécutai des mouvements rapides de ma langue. C'est ainsi que mon cerveau enregistrait toutes ces nouvelles informations.

Je passai ensuite dans une autre grande pièce qui servait maintenant de pièce à vivre. Autrefois celle-ci avait été un vieux poulailler sans ouverture et après de nombreux travaux et des centaines d'heures d'efforts et de fatigue, Floriane et Rodolphe l'avaient transformé avec amour et passion en véritable petit bijou. Ils y avaient ouvert une grande baie vitrée pour faire entrer la lumière du jour. Là aussi j'explorai le moindre recoin. Je longeai les murs. Je repérai déjà cette large fenêtre qui me permettrait d'observer ce qui se passait dans la rue sans être vu. Un rapide coup d'œil à l'extérieur et je découvris un petit sentier qui me tentait bien. Du côté opposé, une porte-fenêtre ouvrait sur un grand jardin, une terrasse carrelée et de l'herbe ! Enfin, de la pelouse, me direz-vous. Rien que pour moi ! Je me voyais déjà chasser les souris ou autres insectes à la tombée de la nuit. Le vrai bonheur, tout simplement !

Je continuai ma visite, et là, un obstacle se dressa soudain devant moi. Je levai la tête pour analyser cette étrange partie de la maison. Rien n'était plus plat.

Je me trouvai devant une dizaine de mini-murs à la verticale qui se dressaient devant moi. Ce n'était que les marches d'un escalier qui conduisait au premier étage. Mais j'étais encore bien trop petit, car je n'avais que quelques mois. J'eus beau essayer d'escalader la première, je n'arrivais pas à grimper. Je glissais et retombais sur mes pattes. C'est alors que j'entendis un éclat de rire derrière moi. Rodolphe me prit tendrement dans ses bras et me dit :

« Eh oui, si tu veux nous suivre partout, il faudra apprendre à monter. Mais tu verras, tu grandiras très vite, et en attendant on te portera pour t'éviter de tomber. »

Et c'est ainsi que je fis des allers-retours dans les bras de mes nouveaux maîtres, pour mon plus grand bonheur. Je ressentais déjà toute leur affection pour moi. Je devinais, je sentais que j'allais être heureux ici.

Au premier étage donc, je découvris ensuite de nouvelles pièces avec plein de cachettes insolites. Je me glissai sous le lit, sous les armoires, les fauteuils. Il me faudrait plusieurs jours pour explorer tout ce nouveau monde. Et bien sûr, je continuais de mettre mes empreintes partout. Je m'appropriais mon nouveau territoire. Parfois, je me butais à des portes fermées mais je cherchais déjà une idée pour me les faire ouvrir et voir ce qui se trouvait derrière.

Floriane et Rodolphe avaient dépassé la cinquantaine. Ils formaient un couple très uni et heureux depuis plus de trente-cinq ans déjà. Tous deux étaient nés à Paris et y avaient vécu de nombreuses années. Leurs études et leurs métiers étaient pourtant totalement différents. Ils s'étaient rencontrés par le plus grand des hasards comme souvent dans la plupart des rencontres, puis tout naturellement, ils s'étaient mariés. Leurs deux enfants aussi, étaient nés dans la capitale, mais quelques années plus tard, lassés de cette vie infernale devenue trop trépidante et trop fatigante pour eux, ils avaient décidé de venir s'installer dans ce petit village, au calme.

Ancien parachutiste, Rodolphe avait gardé sa stature et son corps d'athlète, fort et musclé. Du haut de son mètre quatre-vingt-sept, à peine quelques rides sur le visage, le front large, le teint mat, les cheveux blanchis par les années, il avait eu une vie bien remplie. Il travaillait depuis longtemps comme grutier, un métier difficile et contraignant mais qui l'avait toujours passionné. Depuis sa plus petite enfance, il avait su qu'il adorerait construire en hauteur et passer ses journées sur les chantiers par tous les temps, à monter du matériel ou des plaques de béton pour de nouvelles habitations. Il n'avait pas eu trop de mal à retrouver du travail dans cette nouvelle région car c'était encore un métier très recherché. Mais depuis peu, il songeait de plus en plus à sa retraite qui approchait. Il lui restait encore moins de deux ans à travailler et maintenant il lui tardait de prendre un peu de repos et de pouvoir profiter de la vie. Ses enfants avaient grandi. Devenus adultes, ils avaient fondé chacun leur famille. Ils étaient maintenant indépendants. Il était temps de pouvoir penser à lui-même. Depuis longtemps déjà, son rêve était de tout quitter et d'aller s'installer dans un petit coin de Normandie. Il connaissait cette région depuis sa petite enfance. Et ces derniers temps, une idée lui trottait dans la tête. Il y pensait de plus en plus souvent. Il avait une folle envie d'y retourner pour changer d'air. La campagne est sûrement très jolie, mais il avait besoin de retrouver l'air marin. Cet air au goût iodé et salé par les embruns. Cet air vivifiant, et surtout ce climat plus doux. Ces hivers moins rudes malgré le vent continu, un vent vivifiant, pur, changeant à chaque marée, ne finissaient pas de l'attirer.

  Floriane, elle, était un petit bout de femme trapue, nerveuse, vive, et passionnée par son métier de professeur de math. Elle avait enseigné dans une université de la capitale et elle avait eu la chance de retrouver un poste dans un lycée de la ville voisine. Ses cheveux coupés très courts, poivre et sel, lui donnaient un certain charme. Elle aussi avait encore quelques années à travailler. Mais l'idée de partir et de changer de région la séduisait également. Elle était prête à tout quitter.

  La nature et la randonnée en forêt étaient deux de leurs passions communes. Je découvris que j'aimais mes maîtres autant l'un que l'autre. Floriane s'occupait de préparer mes repas, nettoyait ma litière. Rodolphe, lui, me réservait plein de câlins car il m'aimait déjà beaucoup !

Dès le lendemain de mon arrivée, Floriane avait pris les mesures de mon encolure et était revenue avec un très joli collier rouge, en tissu doux muni d'une petite clochette qui tintait d'un son qui me plaisait bien. De cette façon, on pouvait me repérer de loin et savoir où j'étais à chaque instant, surtout les nuits. J'étais tout fier et je marchais en redressant la tête.

Floriane avait installé ma gamelle dans un coin tranquille de la cuisine, où je pouvais donc prendre mes repas. Elle l'avait posée sur une douce serviette pour m'éviter de mettre mon ventre sur le carrelage un peu trop froid pour moi. Un peu plus loin, elle avait aussi pensé à isoler ma litière par un épais rideau rouge foncé sous l'escalier afin d'être à l'abri des regards dans ces moments d'intimité. Et, oui, vous feriez vos besoins, vous, à la vue de tout le monde ?

Les jours passaient paisiblement, agréablement. Parfois, je m'ennuyais un peu car je restais tout seul à la maison quand mes maîtres partaient travailler. Je suis un chat solitaire, grand sensible et indépendant, mais ma solitude a besoin d'être meublée d'activités diverses. Les chats parait-il, n'ont pas la notion du temps, mais je peux vous assurer que bien souvent je trouvais le temps long. Heureusement, Floriane m'avait acheté une petite souris blanche en peluche dont les grelots à l'intérieur m'intriguaient. Je m'amusais alors à la faire sauter entre mes pattes. Je la guettais, caché derrière un meuble ou un angle de mur, je m'aplatissais, je remuais mon arrière-train puis je bondissais et la saisissais dans la gueule, la lançant en l'air à nouveau. Je courais comme un fou après cette proie pendant de longues minutes. Cette folle galopade me permettait de libérer mon trop-plein d'énergie. Puis enfin, exténué, je m'allongeais de tout mon corps en travers de la pièce. Pour moi, j'avais réussi ma chasse, j'allais alors la déposer dans ma gamelle pour un prochain repas.

      Parfois, je restais des heures à regarder par la fenêtre. Je me passionnais pour cette vie à l'extérieur. Je suis un grand observateur et je vois de minuscules détails que vous ne remarquez même plus. Le soleil du printemps me réchauffait déjà à travers les carreaux. Puis comme tous les petits chats, j'allais faire une longue sieste sur mon coussin douillet. Car dormir est une nécessité vitale, indispensable à mon équilibre et au bon fonctionnement de mon cerveau. Mon aire de repos est sacrée, je la choisis avec parcimonie et précision mais chaque jour différente, au gré de mon humeur. Parfois sur le radiateur, sur le lit sous la couette ou dans la paniette sur le linge propre et encore tiède. Il ne faut surtout pas me déranger, c'est ma retraite silencieuse où je me sépare du monde. Il m'arrive souvent de rêver, pendant de longues minutes. J'ai besoin de dormir de douze à quinze heures par jour pour accumuler mon énergie. Je me prépare à mon endormissement par des bâillements et souvent un ronronnement léger. Puis dans mon sommeil lourd, tous mes muscles sont au repos. Enfin, presque tous, car mes yeux sont en mouvement sous mes paupières closes, mes moustaches vibrent avec discrétion. Il m'arrive même parfois de lancer une patte vers une proie imaginaire ou de remuer la queue.

      Des jours, puis des semaines étaient passés depuis mon arrivée. J'avais bien grandi. Je pouvais maintenant monter les marches de l'escalier tout seul. J'en étais très fier et plusieurs fois par jour, je montais à l'étage supérieur. Je prenais de l'assurance et je montais même de plus en plus vite. C'était devenu un jeu pour moi. Je m'exerçais à prendre le virage à une vitesse folle, parfois même j'évitais les premières marches en courant le long du mur à la verticale, pour reprendre les marches du milieu. Mes vibrisses, ces moustaches que j'ai sur le côté de la truffe, me servent justement de radar. Elles me guident et analysent le trajet que je dois emprunter en remontant toutes ces informations à mon cerveau. C'est pourquoi je ne me cogne jamais contre les obstacles même la nuit dès l'instant qu'il existe un tout petit faisceau de lumière. Je sais donc parfaitement mesurer la distance entre les différents objets.

      J'étais maintenant devenu adulte. Ma tête s'était arrondie, ma mâchoire bien développée, j'avais acquis une musculation puissante et une ossature forte. J'avais le cou robuste mais souple. Mes oreilles bien écartées, larges à leur base et arrondies à leur pointe, étaient recouvertes d'un fin duvet. Mon petit nez bien droit, les yeux ronds, d'un vert virant parfois au jaune translucide. Mon caractère aussi s'était affirmé. Comme tout vrai félin, j'étais malicieux, curieux, très actif et vif, grimpeur et bon chasseur. Indépendant et avide de liberté, je savais aussi être docile, affectueux, et capable de donner toute l'affection sincère à mes maîtres. Je suis un fils des grands espaces et pour être totalement heureux, j'avais besoin de recevoir de leur part beaucoup de compréhension, d'amour et de disponibilité, ce dont je ne doutais pas un seul instant.

Quelques semaines plus tard, le printemps s'était installé et j'eus l'autorisation de sortir dans le jardin. Je n'allais donc pas manquer une si belle occasion d'exploiter ce nouveau territoire. Après en avoir fait le tour et reniflé partout, je me mis à courir dans tous les sens pour me défouler et me dépenser après un si long hiver. Le soleil me réchauffait le corps. Ivre de fatigue après cette course folle, je m'installai en plein milieu sur l'herbe tendre, recouverte de rosée du matin. Je me plaisais à en manger quelques brins, non seulement pour me purger mais aussi parce que c'est une vraie gourmandise. Je lissais du bout de ma langue ma fourrure humide, j'épongeais une goutte, j'époussetais un brin d'herbe ou un fil d'araignée. Puis, je me couchais, le nez posé sur mes pattes antérieures et je fermais les yeux. Parfois, couché en sphinx, les pattes repliées sous moi pour ne rien laisser dépasser, je devenais secret et énigmatique, le regard insondable, sans émotion, tourné vers un invisible espace, perdu dans ma réflexion intérieure.

J'avais déjà fait connaissance avec les quelques chats du quartier. Et c'est avec joie que je partais avec eux à l'aventure à travers les rues du village. Certains me racontaient leur vie, une vie bien triste par rapport à la mienne. Ils couchaient dehors, à l'abri sous une voiture dont le moteur était encore chaud, ou ils se risquaient à entrer dans une grange essayant de trouver un peu de paille pour dormir au chaud. Leur maigre gamelle était servie à l'extérieur sur les marches d'une maison. S'ils avaient encore faim, ils devaient se débrouiller pour aller chasser quelque souris. Mais si par malheur celle-ci avait avalé de la mort-aux-rats, ils mouraient aussi empoisonnés dans des douleurs atroces.

Un jour parmi tant d'autres, je jouais avec un de mes nouveaux copains « Sweety ». C'était un joli petit chat tout blanc, aux pattes et à la queue noires et aux oreilles brunes. Âgé tout juste de trois ans, il habitait aussi une ancienne maison un peu plus bas dans la même rue, mais où malheureusement personne ne s'occupait de lui. A part quelques croquettes déposées dans une simple gamelle, il était livré à lui-même à longueur de journée, mais ne semblait pas s'en plaindre. Il avait toujours vécu ainsi et savait très bien se débrouiller tout seul. Bien mieux que je n'aurais pu, ou que je n'aurais su le faire moi-même. Lors de nos folles escapades, on s'amusait souvent à courir comme des fous à travers le village à la recherche de quelques trésors cachés. Mais un jour pas comme les autres, un jour qui n'aurait jamais dû arriver, en traversant la rue devant moi, il ne vit pas la voiture déboucher du virage, un peu trop vite d'ailleurs sans qu'il y eût un coup de frein, ni même un coup de volant, d'ailleurs le chauffeur en aurait-il eu le temps ? Il se fit violemment culbuter, produisant un bruit effroyable contre le pare-chocs. Un choc si violent qu'il fut projeté à plusieurs mètres de hauteur. Un horrible miaulement, un horrible cri de douleur et puis plus rien. Il retomba là, lourdement, sur le côté, sans vie. Son petit corps gisait de tout son long sur son flanc droit. Le sang rouge coulait lentement sur son pelage immaculé en une flaque vermillon. En l'espace d'un instant, il avait suffi d'une seule seconde seulement, son petit cœur s'était arrêté de battre. Il s'était éteint dans l'indifférence presque totale. Personne ne se soucierait de son absence. Le chauffeur lui-même ne s'était même pas arrêté. Il avait continué sa route, à peine perturbé par le choc. Et moi, penché sur ce petit corps immobile si jeune, je respirais son odeur encore tiède sans comprendre le pourquoi de son silence. C'était mon compagnon, mon ami. Je me souviendrai toujours de son petit minois quand il me regardait, quand on restait de longs moments face à face, enfin, truffe à truffe, cette complicité qui n'a pas besoin de parole pour se comprendre. Mais ce jour-là j'avais eu plus de chance que lui. Apeuré par le bruit du moteur, j'avais stoppé net et opéré un demi-tour brusquement, ce qui m'avait sauvé la vie.

Chapitre 5

PREMIER VOYAGE

On dit que les chats ne reconnaissent pas les mots – quoique je sois la preuve vivante du contraire ! - mais plutôt les intonations de la voix. Mais depuis plusieurs jours, j'entendais un mot nouveau que mes maîtres prononçaient souvent : « camping-car ». Je reconnaissais ce mot à force de l'entendre mais je n'avais encore aucune idée de sa signification. Il me semblait pourtant très important tant il revenait souvent dans leurs conversations.

Et le jour arriva où j'eus la chance de le découvrir. En effet un immense véhicule tout blanc, était garé devant la porte. Floriane me prit dans ses bras et me porta à l'intérieur. C'était bien plus grand que la voiture mais plus petit que la maison. Elle me montra où j'allais pouvoir dormir, tout en haut sur une grande banquette avec une fenêtre de chaque côté pour pouvoir surveiller l'extérieur. Elle y avait déjà installé ma couverture préférée et mon joli coussin douillet. Puis elle m'indiqua l'endroit près de la porte où je pourrais manger.

J'entendis alors une voix ferme me dire :

« Maintenant, ici, interdiction formelle de faire le fou ! De courir partout et surtout, on ne gratte pas sur les sièges ! Si tu veux te défouler, si tu as besoin de courir, tu demandes comme tu sais si bien le faire en miaulant assis devant la porte, et on te sortira ! »

J'avais très bien compris le message et je pensais déjà à toutes les contraintes qui m'attendaient. J'appréhendais ces nouveaux instants. Je redoutais les jours à venir. Mais j'étais bien loin d'imaginer quels plaisirs allaient me procurer tous ces voyages en « camping-car », plaisirs que je n'allais pas tarder à découvrir !

Ma première sortie fut un simple week-end. C'était toute une organisation, mais une organisation bien étudiée. Rodolphe était chargé de toute la partie mécanique du véhicule et de l'entretien de la carrosserie. Floriane, elle, était responsable de toute la logistique intérieure, la gestion des vivres, le remplissage de la cuve d'eau, les vidanges des toilettes, et le rangement dans la soute. Car je dois dire qu'un voyage en camping-car, aussi court soit-il, demande une certaine rigueur. J'observais depuis plusieurs jours déjà, une certaine agitation. En effet, l'hiver avait été particulièrement long cette année-là. Et les beaux jours revenants, chacun n'avait qu'une hâte : repartir en balade. Ce fut chose faite.

Ce matin-là, Floriane et Rodolphe s'étaient levés très tôt. Bien-sûr, j'en avais fait autant. Je me mis à tourner, virer et miauler, ne sachant même pourquoi.

Enfin ce fut l'heure du départ. Pour la première fois, je franchis la porte de ce véhicule et j'allai m'installer non pas sur la banquette du haut mais sur le lit du fond. Tiens ! Je retrouvai là aussi une couverture qui m'appartenait. Décidément, Floriane avait pensé à tout jusqu'au moindre détail, pour mon plus grand bonheur. Le moteur démarra. Ça y était ! J'étais parti pour la grande aventure. Au bout de quelques kilomètres, je me risquai à descendre du lit et je m'avançai timidement jusqu'à la cabine. Rodolphe conduisait, sérieux, attentif à la route. Floriane me regardait tendrement. Un petit miaulement et je compris très vite que je pouvais monter sur ses genoux. Sans me faire prier, je grimpai prudemment et m'installai devant. Je regardais droit devant moi, puis de temps en temps, je tournais la tête vers Rodolphe qui changeait de vitesse, bougeait ce petit levier dans tous les sens. Je ne comprenais pas pourquoi, mais peu importait, je sentais la liberté au bout de la route. Vous connaissez beaucoup de chats qui ont la chance, comme moi, de voyager en camping-car ? A cet instant, je n'en connaissais pas encore....mais n'anticipons pas.

  Quelle n'était pas la surprise des gens de la rue qui croisaient mon regard d'un œil attendri. Je faisais l'admiration de tous. A l'arrêt à un feu rouge, je les voyais se pencher vers moi en disant « oh, regarde comme il est mignon ce petit chat ! » On redémarrait et cette scène se reproduisait à chaque nouvel arrêt, pour ma plus grande fierté.

Chapitre 6

AU FIL DES JOURS

Mes journées commençaient toujours à peu près de la même façon. J'avais eu très tôt, le droit de dormir dans la chambre. Car tous les soirs, après avoir dîné et être sorti pour faire mes besoins, je restais bien calme. Je passais donc une douce et longue nuit au pied du lit de mes maîtres sur mon coussin douillet. Floriane avait gardé précieusement depuis de longues années, une couverture moelleuse qui avait appartenu à sa fille. Elle n'avait jamais eu le courage de s'en débarrasser et le jour était donc venu où celle-ci pouvait servir de nouveau. Elle ne le regrettait pas. J'étais un « couche-dessous » car j'avais pris l'habitude de me blottir en-dessous pour me pelotonner à la chaleur. Dès que le réveil sonnait, j'ouvrais un œil. Floriane et Rodolphe se réveillaient à leur tour. D'un œil malicieux, je les regardais en ronronnant puis je me risquais lentement sur le lit. Je m'approchais doucement et d'un léger coup de tête, je me frottais à leur visage. J'avais droit alors aux plus doux des câlins. Des caresses et des bisous comme s'il en pleuvait. J'étais le plus heureux des chats. La journée pouvait commencer.

Premier exercice matinal, mes étirements. D'abord, une patte très loin en avant, puis l'autre, le corps bien en extension, en laissant mon arrière-train et ma queue en l'air. Ensuite le dos rond, le plus rond possible pour détendre tous mes muscles. Enfin étirer mes deux pattes de derrière l'une après l'autre. Cette pratique quotidienne me faisait un bien fou.

Puis j'imitais Floriane et Rodolphe. Ils allaient dans leur salle de bains. J'allais dans la mienne - privée -. En effet, Floriane m'avait installé un grand carton dans le couloir où je faisais mes griffes en déchirant les quatre coins intérieurs. Mais depuis quelque temps, j'avais pris l'habitude de m'y réfugier pour y faire ma toilette. La toilette fait partie de mon comportement de protection. Cela me permet de retirer les odeurs étrangères qui sont venues se fixer sur mon corps. Assis, patte relevée, je fais donc méticuleusement une beauté à ma fourrure. Je me lèche avec ma langue rugueuse comme gant de toilette pour me débarrasser des différents parasites et de la poussière. Puis je passe ma patte sur ma tête et par-dessus mes oreilles. Non, ce n'est pas un signe de pluie ! Mais juste une question de propreté. Ensuite, je descends le long de mon flanc puis mes pattes de derrière pour terminer par ma queue de la base à la pointe. Je lustre mon pelage sur toute la longueur de mon corps. Frottant avec énergie, prenant des poses pas possibles, je suis capable des pires contorsions pour atteindre toutes les parties de mon anatomie et même les régions les plus inaccessibles de mon corps. L'entretien soigneux de mon pelage est une condition essentielle de mon bien-être quotidien. Je tire sur mes poils pour libérer une substance qui imperméabilise ma fourrure. Les jours de grande chaleur, ma toilette permet de me rafraîchir, servant de régulateur thermique, et au contraire, améliore ma protection contre le froid en hiver. Les poils les plus fins poussent entre les plus grands qui forment une couverture et un duvet remarquable isolant mais aussi une protection contre les chocs, les égratignures ou les petites coupures. Enfin, j'applique ma salive sur l'intérieur de ma patte antérieure recourbée, puis je la frotte d'arrière en avant sur le côté de mon museau, position qui faisait souvent sourire Floriane, J'écarte au maximum les quatre doigts et l'ergot de ma patte pour nettoyer entre mes coussinets puis je fais de même avec mes pattes arrière. Mes coussinets sont pour moi une excellente protection pour ne pas me blesser. Ils sont très sensibles, dotés de récepteurs tactiles, ils me permettent d'évaluer la texture ou la température de la surface sur laquelle je me déplace. Leurs glandes secrètent une huile parfumée qui laisse comme une sorte d'empreinte digitale sur mon passage.

Puis venait l'heure du petit déjeuner. Je m'asseyais au pied de la table. Floriane comprenait très vite. Elle déposait une toute petite lichette de beurre sur une tartine de pain ou sur une biscotte. Je la léchais. Et je me régalais. En plus, c'est très bon pour moi car cela enveloppe les quelques poils que j'aurais pu ingurgiter en faisant ma toilette et me permet de les éliminer plus facilement. Mais il ne faut surtout pas en abuser, car cela pourrait me dérégler la santé et provoquer une pancréatite. Il serait plus profitable pour moi de prendre quelques gouttes d'huile d'olive ou de colza. Mais malheureusement je n'apprécie pas ce nouveau goût.

Une légende raconte que les chats ont neuf vies. Je ne sais pas si c'est vrai, mais en tout cas, moi je peux vous dire que j'en connais au moins une précédente. En effet, j'ai dû être « chien » autrefois, car j'en ai gardé de nombreuses habitudes. Après ma toilette, je miaule à la fenêtre pour sortir. Mais pas seulement pour aller me promener. Une fois à l'extérieur, je vais me trouver un petit coin pour faire mes besoins. Je recouvre avec un gros tas de terre comme tout bon chat dans sa litière, c'est un réflexe inné. Puis je rentre.

Une autre habitude particulière au chien : quand je joue avec mon jouet-souris à la maison, je la monte en haut de l'escalier et je la laisse retomber jusqu'en bas. De là, Floriane me la relance jusqu'au bout du couloir. Je vais la chercher en courant, je la prends dans ma gueule et je lui rejette de nouveau pour qu'elle me la relance encore et encore. Ce petit jeu peut durer souvent plus d'un quart d'heure. Floriane se lasse bien avant moi mais accepte volontiers de partager ce jeu, car c'est l'un des seuls instants où j'ai le droit de me défouler à l'intérieur. Quoique je doive avouer que lors de nos sorties en camping-car, je trouve toujours une pelouse où je peux jouer de cette façon avec Floriane. Puis je me couche sur le côté de tout mon long. Je prends la souris entre mes pattes et souvent je la mords, je la déchiquette, je lui arrache sa fourrure. Je commence par les yeux puis les oreilles et enfin la queue, au grand désespoir de Floriane qui après plusieurs déchirures, se voit obliger de la recoudre. Enfin, après de multiples opérations de ce genre, la malheureuse souris finit toujours sa vie à la poubelle. Et moi, je suis ravi car j'ai droit à une autre souris toute neuve et je peux ainsi recommencer ! J'ai hérité de mes ancêtres, une nature sauvage et des instincts de prédateurs que je retrouve dans mes jeux. Je reste félin des pointes des moustaches jusqu'au bout de la queue.

Le soir, au retour de mes maîtres, je reconnais de loin le bruit de leur voiture, qui me réveille si je suis endormi. Et tout comme un chien, je les « sens » de loin. Je les « respire ». Je suis capable de distinguer leur odeur parmi les centaines différentes de la rue. Le bruit de la clé dans la serrure me réveille de mon sommeil sur le canapé et me procure une joie immense après une si longue journée tout seul. Je cours alors vers la porte d'entrée pour les accueillir la queue en point d'interrogation, les oreilles dirigées en avant pour goûter leurs premières paroles. Je les regarde et dans mon langage je leur dis : « tu m'as manqué ». Tout mon corps manifeste alors mon contentement. Je me hausse sur mes pattes, j'arrondis ma colonne en dos de dromadaire. Ensuite j'effectue une danse de « huit » autour des jambes de Floriane entrecoupée d'étirements de plaisir. Elle me répond par des caresses et un petit mot gentil de sa voix si douce. Je ronronne sur un air voluptueux. Je lui chante alors dans mon langage si particulier. Je module mes vocalises du plus grave au plus aigu, un « miiiaaaou » en détachant bien les voyelles. Puis, d'un pas conquérant, la démarche bien assurée, la queue bien droite, je me dirige vivement vers la cuisine, et je lui rappelle fermement avec un « mmaahrn » autoritaire, que l'heure de mon dîner est proche.

Quelques semaines à peine après mon arrivée, sans même le voir, je reconnaissais parmi tous les autres le grincement de la porte du placard dans lequel étaient rangées mes croquettes. Si j'étais dans une autre pièce et que Floriane ouvrait n'importe quel placard, je ne bougeais pas, mais dès qu'elle ouvrait la bonne porte, je me précipitais dans la cuisine car je savais que c'était l'heure du repas.

Certains jours, quand personne n'allait travailler, je restais moi aussi à la maison.

Floriane avait, et a encore d'ailleurs, de nombreuses amies à l'étranger. Souvent, elle s'installe devant son ordinateur, ou prend quelques feuilles pour leur écrire et leur donner de ses nouvelles. Et c'est bien ce moment précis que je choisis pour monter sur son bureau. Je tourne quelques secondes et je m'assois. Je la regarde avec malice et je me couche sur son courrier. Elle pose son crayon et pousse alors un profond soupir puis éclate de rire ! Elle finit par me prendre dans ses bras et me couvre de baisers et de tendres caresses. Je m'installe confortablement dans ses bras. Je pose mes pattes sur ses épaules et je ferme les yeux. Non, je ne dors pas. Je profite juste d'un moment d'extrême bien-être. N'oubliez pas que moi, chat, je décide du lieu et de l'instant précis pour obtenir les câlins que j'attends !

Les jours et les mois s'écoulaient ainsi, paisiblement. Un soir, Floriane est rentrée avec un gros paquet dans les bras. Bien sûr, ma curiosité naturelle m'a poussé à aller y mettre ma truffe. J'ai découvert une étrange construction, faite de plusieurs étages avec des cachettes pour dormir. C'était un arbre à chat. Mais je me demande encore bien pourquoi ils l'ont appelé ainsi, car il ne ressemble pas du tout aux arbres de la forêt que je connais. Certaines parties étaient recouvertes de corde pour y faire mes griffes. Cette structure, à plusieurs niveaux, était faite pour éveiller mes sens et développer mon intelligence. L'instinct revenait naturellement. En bon chasseur que je suis, j'ai tout de suite repéré les endroits où me cacher pour ne pas être vu, ceux où je pourrais me positionner en hauteur pour surveiller une proie éventuelle. Parfois je m'endormais dans l'une de ces cavités douillettes. J'ai très vite deviné que ce nouveau jeu deviendrait une activité indispensable qui me permettait d'éliminer mes frustrations et de soulager mes tensions.

Au printemps et en été, je perds mes poils. C'est la mue, déterminée par la longueur du jour. L'ensoleillement augmente le développement de mon pelage. C'est pourquoi je prends une attention particulière à faire une toilette complète chaque jour. Mais j'adore aussi quand Floriane vient me brosser. Je tends mon dos et je mordille les poils de la brosse. Ce brossage me stimule la peau, optimise ma brillance et aide à répartir la protection huileuse le long de ma fourrure. Il stimule mon tonus musculaire et la croissance de mon nouveau poil. Il enlève également tous mes poils morts ce qui m'évite de les ingurgiter, souvent en été. Par temps de grosse chaleur, Floriane me passe un gant mouillé de la tête jusqu'à la queue car je ne sais pas transpirer par la peau.

Chapitre 7

L'HIVER

L'été passa très vite. L'automne aussi. L'hiver arriva alors. C'était mon premier vrai hiver. Ce matin-là, le soleil était pâle dans un ciel d'un gris si clair. C'était un matin froid, un temps frisquet aux couleurs pastel estompant le paysage. Les nuages couraient très bas et le vent secouait les branches. J'étais sorti prendre l'air comme j'en avais l'habitude. Aller faire un petit tour dans le jardin au lever du jour était toujours un vrai plaisir. Je fus surpris par ce froid glacial. Et le sol avait changé de couleur. Ce n'était plus l'herbe verte que je connaissais, le gazon tout doux où j'aimais me rouler. Tout avait disparu sous un tapis blanc. J'écarquillai grand les yeux, mes yeux tout noirs. Je tendis le cou, la truffe bien en avant pour renifler l'air nouveau, un air froid, vif, glacial qui transportait une chose étrange. Des milliers de flocons voletaient et certains se déposaient sur ma fourrure. Au début, mon instinct me poussa à la prudence. J'hésitai. J'avançai doucement une patte, la retirai, puis la reposai. Cette pellicule où je m'enfonçais laissait derrière moi la trace de mon passage. Je découvrais pour la première fois la neige ! Enfin, je tentai d'enfouir ma truffe dans cette épaisseur soudaine. Et je la ressortis bien vite pour me secouer, m'ébouriffer de la tête à la queue – encore une habitude de chien ! - Puis je recommençais. Cela devenait un jeu. J'adorais soudain faire des dessins avec mes pattes dans la neige. Cette poudre blanche douce comme du coton supportait mon poids. Je sautais de tous les côtés. Je tournais en rond. Je courais après ma queue et cela dessinait de jolies volutes noires dans ce blanc immaculé. J'essayais d'attraper les flocons avec mes pattes pour les manger mais ils fondaient aussitôt sans que je sache pourquoi. Puis je m'arrêtai au pied de l'arbre et là aussi, sa silhouette avait changé. Je regardai en l'air. Ses branches étaient chargées d'une épaisse pellicule blanche. Un souffle vif du vent fit voler les flocons et je fus recouvert en un instant, de milliers de cristaux fondants. Au loin, une grande glace recouvrait l'étang. Tout était silence. Je venais de découvrir une des nombreuses joies de l'hiver.

Puis ce fut Noël, mon premier vrai Noël. Depuis un moment, je ressentais une vive effervescence dans la maison. Floriane avait installé un très grand sapin au milieu du salon. Elle y avait accroché des guirlandes et quelques boules multicolores qui pendaient en remuant. Ce qui ne manquait pas d'attirer mon regard et ma curiosité. Je m'approchais doucement et j'essayais de les attraper avec ma patte. J'avais droit alors à une douce réprimande de sa part. Je compris très vite que c'était un domaine interdit. Peu importe, mon entêtement me soufflait de recommencer en leur absence, ce que je fis bien vite. Et comme prévu, je fus puni de mes bêtises à leur retour. Je n'étais jamais frappé, mais juste une bonne et sévère réprimande que je comprenais très bien. Mais le bon côté de cette période fut le repas du réveillon. La table avait été merveilleusement décorée de mille choses brillantes. Des verres étincelants, de la vaisselle reluisante, des vases garnis de fleurs et de houx, tout ceci posé sur une nappe blanche et soyeuse. Des cartes satinées, personnalisées au nom de chaque invité, affichaient le menu du soir en lettres brillantes. Des serviettes, d'un rouge éclatant pliées de façon harmonieuse et déposées sur chaque assiette, n'attendaient que la venue des invités. De nombreux photophores argentés, disposés tout autour de la pièce, reflétaient leur douce lumière. Sur un double plateau transparent, encore des boules en verre décoré égayaient joliment la desserte parsemée de bougies en forme d'étoiles. Le long du mur, d'étranges petits Pères-Noël en tissu semblaient danser la farandole. Sur le dossier des chaises, Floriane avait cousu de magnifiques rubans rouges. Des guirlandes lumineuses éclairaient le plafond. A la porte d'entrée, elle avait accroché une couronne garnie de pommes de pin, pour souhaiter la bienvenue à sa famille et ses amis. Un gros bonhomme de neige siégeait sur le rebord de la fenêtre et semblait guetter impatient, l'arrivée du Père-Noël.

      Je fus soudain attiré par une délicieuse odeur venant de la cuisine. Depuis le début d'après-midi,

Floriane était très affairée à préparer le repas. Elle y mettait tout son cœur. Je me précipitai vers cet endroit magique. Je sentais les petits fours tout chauds préparés avec amour pour l'apéritif, la pâtisserie et les desserts. Je n'espérais qu'une chose, pouvoir partager le repas, mais j'ignorais encore quelle surprise m'attendait. Je me présentai devant ma gamelle, elle était vide. Je vins miauler entre les jambes de Floriane. Elle se pencha vers moi et me prit dans ses bras. Je devinai dans son regard attendri, que ce soir ne serait pas un soir ordinaire. Je me consolai donc avec quelques croquettes en attendant le dîner. Après plusieurs heures d'attente, les premiers invités arrivèrent. Je n'avais qu'une hâte, passer à table. Manger ! Ah, quel mot magique pour un chat qui n'a rien avalé de consistant depuis le matin sauf quelques malheureuses croquettes. Tout le monde s'installa autour de la table et j'entendis Floriane m'appeler de la cuisine. Je me précipitai et là, j'eus une vision. Ma gamelle bleue avait changé de couleur. Elle s'était transformée en assiette blanche. Vous allez dire qu'un chat ne s'inquiète pas de la forme ni de la couleur du contenant, mais c'est une erreur. Je remarque très bien toutes ces petites différences. Aussi, je me mis à la renifler. Et l'instant suivant, Floriane me servit un plat de roi que je n'avais encore jamais goûté. Du boudin noir coupé en petits morceaux. Mon flair ne me trompait pas. Un petit coup de langue, et j'avalais ce délice en un éclair. Un vrai régal ! J'adorais et je le fis savoir en miaulant et ronronnant de plus belle. Floriane revint et me servit de nouveau un petit morceau que j'engloutis tout aussi vite.

Une fois terminé, je me léchai les babines et savourai les quelques restes dans ma gueule. Je ne m'étais jamais autant régalé. Et ce n'était pas fini. Un peu plus tard, j'eus droit à un autre cadeau. Une petite portion de fromage blanc bien crémeux garni de roquefort comme je l'aime. Je sais que je ne peux pas en manger souvent car une fois sevré dans ma petite enfance, on m'a supprimé les laitages, car mon corps ne fabriquait plus d'enzymes pouvant digérer le lait. Enfin, arrivèrent les desserts. Une bûche au chocolat entre autres. Mais là aussi, interdiction absolue d'en manger. Le chocolat est un véritable poison pour moi. En effet, il contient des substances que je ne peux pas digérer ni éliminer. En passant dans mon sang, cela pourrait me provoquer des lésions cardiaques et entraîner ma mort. Floriane le sait, c'est pourquoi elle ne m'en donne jamais. Alors pour me gâter tout de même en ce jour exceptionnel, j'eus droit à un petit morceau de Boudoir, ce petit gâteau croquant et sucré. Ce fut pour moi une soirée inoubliable.

Quelques mois plus tard, au printemps suivant, il m'arriva encore une chose vraiment extraordinaire. Un événement trop rare en France, et même inexistant me semble-t-il, ce qui est bien regrettable à mon humble avis. La meilleure amie de Floriane, Susan, est venue tout spécialement des États-Unis pour une cérémonie qui est très répandue là-bas. Susan est pasteur dans son pays, dans l'état du Missouri et pratique plusieurs fois par an une bénédiction des animaux. Alors, ici, dans la petite chapelle du village, on a organisé une journée particulière à la hauteur de l'événement. Tout avait été prévu dans les moindres détails. La population avait été prévenue longtemps à l'avance, afin de réunir le plus de monde possible. L'heure approchait et déjà je sentais mon excitation grandir. Floriane m'avait mis mon plus beau collier rouge pour la circonstance et m'avait brossé avec grand soin. À mon arrivée devant la chapelle, une cinquantaine d'animaux était déjà réunie avec leurs maîtres. Je pouvais voir des chats bien sûr, mais aussi des chiens, des chevaux, des oiseaux, des lapins, des serpents..... Et comme par magie, aucun d'entre eux n'était agressif. Chacun restait à sa place. Je pouvais juste parfois entendre un aboiement ou un miaulement mais rien de provoquant. Ensuite, Susan nous invita à entrer. Aux États-Unis, la tradition veut que les chiens, souvent les plus nombreux, s'installent à gauche dans l'édifice. Tous les autres animaux à droite. Puis après un court discours de présentation, Susan bénit l'assistance. Et un par un, les maîtres et leur compagnon, à deux ou quatre pattes, avancèrent jusqu'à l'autel. Ils dirent leur nom et celui de leur animal. J'attendis mon tour avec impatience. Et je fis de même avec Floriane. Tout fier, je traversai l'allée centrale, la queue bien droite à la verticale, le cou redressé, la tête en avant. J'étais la star du moment qui défilait, comme à la montée des marches au festival de Cannes devant les photographes. J'entendis alors prononcer mon nom : Kansas. Susan apposa sa main sur ma tête et prononça ces mots « Sois béni, Kansas, que ta vie soit longue et heureuse ». Encore tout bouleversé par tant d'émotion de cet événement, je me mis à miauler et à ronronner de bonheur car je connaissais Susan depuis très longtemps. Je réclamai un gros câlin de sa part mais je ne pus l'obtenir en présence de toute cette foule. Je me consolai bien vite en me disant que Susan était invitée à la maison pour plusieurs jours et que je finirais bien par avoir ce câlin tant attendu ! À la fin de la cérémonie, Susan distribua à chaque participant et donc aussi à Floriane, un certificat prouvant ma bénédiction ce jour-là. J'en suis d'autant plus fier que Floriane l'a encadré et accroché sur le mur de sa chambre. Et chaque fois que je le regarde, je repense à cette journée mémorable. Je ne sais pas si beaucoup d'autres chats ont connu un tel plaisir dans leur vie, mais moi, je sais que je n'oublierai jamais ce moment.

*

Quelques semaines plus tard, une nouvelle famille est venue agrandir le village. Déjà, cinq ans auparavant, un richissime peintre hollandais avait fait construire une immense et magnifique propriété un peu à l'écart du village pour y exercer son art et exposer ses œuvres. Mais cet homme sans famille ni héritier, n'avait pas eu le temps d'en profiter bien longtemps et à sa mort, la maison avait été mise en vente. Des Parisiens, qui cherchaient un havre de paix, avaient découvert cette grande bâtisse sur Internet et s'étaient empressés de l'acheter.

Monsieur Nelson conduisait un break familial bleu foncé. Il l'avait garé dans l'allée principale juste à côté du camion de déménagement où l'on finissait de décharger les précieux meubles et innombrables cartons.

Je m'étais assis un peu à l'écart sur le trottoir pour observer les mouvements de cette journée particulière. Je vis tout d'abord sortir du break, Zeus, un magnifique berger allemand, véritable colosse, haut sur pattes, impressionnant mais pas farouche, puis Madame Nelson tenant la cage d'Arthur, un lapin nain, mais qui avait tellement grossi que la cage semblait minuscule. Ensuite elle sortit une autre cage dans laquelle je pouvais apercevoir deux jolis canaris jaunes inséparables. Enfin ce pour quoi j'étais venu, car j'en avais eu le pressentiment : deux superbes chats. Le premier, au pelage très court, d'un gris parfait, exceptée la queue noire, répondait au doux nom de Grisou. Il me faisait penser à Billy Boss, le joueur de contrebasse du film « *Les Aristochats* » de Walt Disney. Le second, un peu plus jeune, d'un brun foncé presque noir, se prénommait Chocolat. Je pensai bien vite qu'ils deviendraient mes nouveaux compagnons de jeux.

Les Nelson aimaient les familles nombreuses et tout autant les animaux. Ils avaient cinq enfants. L'aîné, Henri, un garçon de onze ans, passionné de foot, connaissait le nom de tous les joueurs de son équipe favorite, bien mieux que l'histoire de France, de Vercingétorix à Louis XVIII. Mais entre nous, qui se souvient de Louis XVIII ? Venaient ensuite les sœurs jumelles, Louise et Honorine, âgées de sept ans, vêtues d'une petite jupe plissée bleue et d'un pull marron. Cheveux mi-longs rouquins coiffés en queue de cheval, le visage parsemé de taches de rousseur, elles étaient plutôt sages et réservées. Suivait leur frère cadet, Augustin, quatre ans, vif, turbulent, chamailleur, hyperactif, ne manquant jamais une occasion de faire des bêtises. Et enfin le petit dernier, tout juste âgé de dix mois, encore un garçon du nom de Mathieu.

Le soir tombé, en revenant d'un pas tranquille à la maison, je pensais à mes deux futurs nouveaux amis.

Le lendemain matin, dès le lever du jour, le coq se mit à chanter. Je bondis à l'extérieur et m'empressai d'aller rejoindre Grisou et Chocolat. Devant la maison, le grand portail blanc était resté ouvert. Je n'osai pas m'y aventurer. Aussi, je grimpai dans l'arbre à l'angle du mur d'enceinte, puis j'avançai précautionneusement sur le mur pour surveiller le jardin. La porte s'ouvrit et je vis Zeus sortir en premier, suivi de mes deux copains. Je descendis prudemment et me risquai à l'intérieur de la propriété. Zeus vint me renifler de sa grosse truffe. Contrairement à mon caractère combatif, et à mon grand étonnement, je restai immobile, mais sur mes gardes toutefois, les moustaches en avant. Mais je compris très vite qu'on s'entendrait bien tous les deux. Je ne montrai donc aucune agressivité, je voulais faire ami-ami avec lui.

Je décidai ensuite d'emmener mes deux nouveaux amis à la découverte du village pour leur montrer mes coins-cachettes secrets, un peu plus loin dans le grand pré où ruminaient des dizaines de vaches noires et blanches. Là où je me réfugiais sous cette grosse branche de pommier qui avait poussé bizarrement au ras du sol et où je venais m'abriter les jours de pluie. Puis je les conduisis jusqu'à la rivière, descendant de la forêt, qui serpente derrière les jardins. L'eau de la source qui coule y est fraîche en été et permet de se désaltérer sans risque. Les jours suivants, nos aventures continuèrent et nous explorâmes les moindres recoins qui devinrent pour nous de nouveaux terrains de chasse et de jeux.

J'avais découvert un refuge dans une grange abandonnée, un peu à l'écart du village. J'invitai Grisou et Chocolat à m'y rejoindre. Je grimpai sur un tas de bois poursuivi par mes deux compagnons. C'était devenu notre jeu préféré. Tout à coup, un vieil homme déboucha de je ne sais où, brandissant sa canne en notre direction, tout en vociférant des injures à notre encontre. C'était Alphonse, un vieil ermite de quatre-vingt-neuf ans, sauvage et insociable, sans famille, veuf depuis plus de dix ans et sans enfant. Il habitait seul dans cette maison délabrée et ne supportait de voir personne ni d'entendre aucun bruit. Tout le monde le connaissait dans le village et le laissait tranquille car il pouvait avoir des excès de colère incontrôlables. Furieux de nous avoir vus faire tomber quelques malheureux rondins, il se jeta sur nous avec une brutalité cruelle. J'eus tout juste le temps de m'enfuir à toutes pattes avec Chocolat. Mais Grisou, resté bloqué sur le monticule de bois, reçut un violent coup de canne en pleine mâchoire. J'entendis alors un cri, un hurlement de douleur. Je me retournai d'un bond vers lui. Le pauvre malheureux avait la babine pendante et ensanglantée. Sans perdre un seul instant, je rejoignis avec eux la propriété. Tant bien que mal, Grisou marchait avec peine en hurlant de douleur. Madame Nelson nous vit arriver tous les trois en miaulant. Elle comprit aussitôt qu'un drame était arrivé et se précipita sur le téléphone pour appeler le vétérinaire qui reçut Grisou dans la demi-heure qui suivit.

Depuis plusieurs semaines déjà, Floriane et Rodolphe, anciens parisiens eux aussi, avaient fait la connaissance de ces nouveaux arrivants et s'étaient liés d'amitié avec eux. Madame Nelson expliqua à Floriane l'opération de Grisou. Le vétérinaire l'avait examiné en urgence puis endormi pour lui extraire une canine déracinée et lui poser une minuscule plaque pour remettre en place sa mâchoire déboîtée. J'imaginais déjà le pauvre Grisou dans d'atroces douleurs et incapable de manger pendant des jours. Mais c'était sans compter sur sa robustesse et son courage, et quelques jours plus tard, il avait récupéré et pouvait se nourrir de nouveau normalement. Sa canine ne repousserait jamais, il resterait un peu défiguré mais peu importe, il resterait mon ami pour toujours.

J'aimais souvent me promener dans les ruelles du village avec mes nouveaux amis, Grisou et Chocolat. On aimait se réfugier dans notre endroit secret pour être à l'abri les jours de pluie. Quelques semaines auparavant, j'avais découvert un autre coin-cachette tout à fait par hasard, un soir de fort orage. Bien trop trempé pour revenir jusqu'à la maison, j'étais entré dans cette église pour la première fois. Modeste édifice à l'orée de la forêt, austère dans sa forme, simple dans sa construction, ce bâtiment autrefois fortifié, avait servi de refuge pendant la guerre de trente ans de 1618 à 1648, opposant catholiques et protestants, et comportait un excellent système défensif muni de fenêtres de tir. Je m'étais amusé à grimper le fragile escalier en ruine jusqu'au clocher pour avoir une vue d'ensemble sur toute la commune, les champs et les bois environnants. Le coq le surplombant, avait été décapité pendant la dernière guerre mondiale, et une partie du clocher était tombé avec. Depuis, il n'avait jamais été reconstruit en entier et le toit était resté coupé en biais, ce qui lui donnait toute sa particularité, et un charme certain.

Chapitre 8

BALADES À TRAVERS LE PAYS

Début juillet. Nouvelle visite annuelle chez le vétérinaire. Je n'irai pas jusqu'à dire que j'y suis allé fièrement, mais je n'avais plus peur. En entrant dans le grand hall d'attente, je suis allé à la rencontre de mes congénères à quatre pattes. En d'autres circonstances, en d'autres lieux, je les aurais attaqués, car aucun ne me fait peur, même les plus gros. Mais là, ils avaient tous la queue basse, couchés au pied de leurs maîtres. Certains aboyaient, d'autres feulaient mais ce n'était que pour impressionner car ils étaient tous terriblement stressés. J'ai avancé lentement, marchant indifféremment devant eux. Puis je me suis assis face à la fenêtre et j'ai passé mon temps à regarder dehors. J'ai fait abstraction de tous ces bruits à l'intérieur et à l'extérieur. Mon esprit s'est évadé et j'ai rêvé à de nouvelles aventures. Le soleil brillait de mille feux. La chaleur envahissait la pièce à travers l'immense baie vitrée. Et le temps s'arrêtait.

Enfin vint mon tour. Floriane me posa sur cette grande table d'examens, froide et glissante. Vinciane, le docteur me connaissait bien maintenant.

C'est elle qui me suivait depuis que j'étais tout petit. Et moi, je la reconnais aussi. Je lui dis bonjour en frottant ma tête contre sa joue pour m'imprégner de son odeur et lui laisser la mienne en poussant un timide ronronnement. Elle me parla doucement puis elle m'examina par tous les coins. D'abord, l'intérieur de mes oreilles, bien rose, puis mes yeux, ensuite au fond de ma gueule pour voir si j'avais des caries sur les dents, la couleur de mes muqueuses ou l'odeur de ma bouche, mais elle m'assura que tout allait bien. Elle écouta mon cœur et ma respiration. Là aussi tout allait bien. Elle tâta mes pattes et mon dos, examina l'aspect de mon poil. Puis vint le moment de la piqûre pour le rappel de mes vaccins. Elle me caressa la tête, essaya de me distraire et enfonça l'aiguille entre mes deux omoplates. J'avais une entière confiance. Je n'eus pas mal. Je n'eus même pas le temps de réagir. Et voilà. Ensuite, elle me pesa. J'avais pris un peu de poids ces derniers temps, mais juste quelques dizaines de grammes, rien de bien dramatique. Puis enfin, elle me fit avaler un vermifuge que je devrais renouveler tous les quatre mois. Elle s'assit devant son ordinateur et nota tout avec une grande précision sur mon carnet de santé, écrivit la date, y posa un tampon et sa signature. Et me revoilà parti pour un an. Parti était bien le mot juste car dans les heures qui suivirent, ce fut le départ. Je ne connaissais pas encore cette nouvelle destination. C'était une surprise, une énorme surprise.

La semaine précédente avait été très longue, même interminable. Je dormais donc d'un profond sommeil ce matin-là quand le réveil sonna. J'étais couché tout en boule sur mon coussin au pied du lit. J'ouvris un œil doucement. Je fis mes étirements quotidiens. Puis j'avançai vers mes maîtres pour leur faire un doux câlin que je reçus aussi en retour. Une fois levés, ils descendirent prendre leur café dans la cuisine. J'en profitai pour faire un tour dans le garage et renifler l'air frais qui passait sous la porte. A l'intérieur de la maison, j'entendais l'effervescence d'un début de week-end. Un long week-end de trois jours. Et comme à chaque sortie, le camping-car était déjà prêt depuis la veille. Il ne manquait plus qu'à remplir le réfrigérateur et …..moi ! Il ne fallait surtout pas m'oublier ! J'étais trop content d'aller faire une grande balade en forêt. De toute façon, Floriane et Rodolphe ne m'auraient jamais laissé seul à la maison, car ils savaient que j'aimais partager leur passion de la randonnée avec eux. Car, oui, je suis peut-être un chat exceptionnel, mais depuis que je suis tout petit, ils m'ont habitué à venir faire de la rando avec eux. C'est une de leur passion et c'est devenu également la mienne.

Comme tous les week-ends de sortie, après des kilomètres de route, on arriva enfin à destination. On avait roulé environ deux heures et plus on s'approchait du but, plus je découvrais la forêt. Une forêt dense, remplie de sapins, et qui sent si bon la chlorophylle. Je ne tenais plus en place. Je tournais et tournais encore. Je miaulais. Je voulais descendre. Enfin Rodolphe s'arrêta et se gara sur un grand parking, avec de la pelouse tout autour. Vite, je sautai dehors. J'étais heureux. Sans perdre de temps, je partis explorer les environs, les bois proches et les fourrés. Les feuilles me chatouillaient le ventre. Je m'assis et attendis patiemment. Je venais déjà de repérer un léger bruit, une odeur familière : une souris devait se trouver dans les parages tout près de là. Car je peux entendre à plusieurs mètres le bruissement d'une souris dans un buisson. Je sais isoler ce bruit et le repérer à quelques centimètres près. J'avançai lentement, puis je m'arrêtai, tous les sens en alerte. Je n'avais qu'à attendre, car les chats sont de très bons chasseurs et surtout très patients. Je pouvais ainsi rester des heures à guetter ma proie. En effet, je restai donc là, immobile, à surveiller. La souris aussi devait sentir ma présence car elle était prudente. Elle ne montrait que le bout de son nez, sortait juste son museau et disparaissait aussitôt. Je ne bougeais pas une oreille, pas même une moustache. Après plusieurs minutes d'attente, la pauvre souris trop naïve o-u trop confiante, me croyant parti, sortit de son trou. La tension au maximum, plaqué au sol, le train postérieur légèrement soulevé, je commençai très lentement mon approche, les pattes comme au ralenti. Puis en un éclair, je bondis sur elle, les pattes en avant, toutes griffes dehors et je la plaquai au sol. Je baissai la tête et plantai mes crocs sur le derrière de son crâne pour l'immobiliser. Je jetai un rapide coup d'œil aux alentours. J'attendis un court instant puis reculai. Abasourdie, malmenée, à moitié déchiquetée, elle bougea encore un peu, essayant de s'échapper. Elle trembla, sursauta, tenta de se dégager du rayon d'action de mes griffes. Elle avança de quelques centimètres en boitant. Mais j'étais bien trop rapide et avec toute mon agilité, je la saisis de nouveau entre mes pattes. Je la déplaçai, la poussai, la fis rouler de droite à gauche. Puis je l'envoyai dans les airs. Elle retomba lourdement et je recommençai. Je jouai avec elle comme une balle. Dans un dernier effort, elle avança encore un peu, poussant de petits cris perçants, ses derniers cris. Massacrée par mes puissantes dents carnassières, j'enfilai mes deux incisives pointues dans sa nuque et je lui assénai le coup de grâce, la morsure mortelle qui lui brisa la colonne vertébrale. Elle avait fini de souffrir. D'ailleurs en avait-elle eu le temps ?

Je suis un chasseur, pas seulement pour manger mais aussi pour jouer. Chasser m'excite, me fascine, m'hypnotise. Je suis aussi un carnivore, un carnassier. Mon plaisir, mon instinct me pousse à manger de la viande. Alors comme pour la garder en réserve pour un peu plus tard, je la ramenai dans ma gamelle, au grand désespoir de Floriane, qui se dépêcha de la faire disparaître dès que j'eus le dos tourné. Elle n'aimait pas que je mange ce genre de bestioles sauvages. Elle me laissait juste chasser pour entretenir mon instinct de félin.

Puis en cours de matinée, l'heure vint de partir en randonnée. Mes maîtres avaient enfilé leurs chaussures, emporté leur sac à dos et de quoi manger et boire. L'aventure pouvait commencer. On emprunta d'abord un chemin de terre puis le sentier se rétrécit pour finir en un passage très étroit en pente raide. Je grimpai en avant, à la surprise de mes maîtres que j'avais dépassés, fier d'être le premier. De temps en temps, je me retournais pour voir s'ils me suivaient. La montée était raide mais le paysage était splendide. Au fond de la vallée, le village s'étendait.

Quel beau pays que la France ! Un pays vert, des champs, des prairies, des forêts. Les Vosges, une région que j'aime particulièrement, des forêts à perte de vue, un vrai paradis pour moi, des kilomètres de balades, un véritable enchantement. Je dois vous dire que c'est en forêt que je suis le plus heureux. L'approche de la nature m'enchante. Le contact avec la verdure, les herbes, les différentes odeurs qui changent à chaque saison. La sève qui monte dans les arbres au printemps et donne naissance aux merveilleux bourgeons. Tout ceci me ravit.

Toutefois, en début d'été, il est un parfum qui me repousse un peu. C'est le colza. Pourtant ces champs d'un jaune éclatant sont un ravissement pour les yeux, mais je préfère de loin le fragile coquelicot qui s'épanouit parmi les blés mûrs. Du fait de ma petite taille, je me faufile entre les épis dorés, et je me régale de cette fleur rouge éphémère. Bizarre, me direz-vous, mais elle procure sur moi une attirance à laquelle je ne peux résister. J'aime par-dessus tout sa texture velours et sa fragilité sous le vent. Tel est donc mon plaisir, aussi, quand en longeant la forêt, j'aperçois ces champs, je ne peux me retenir d'aller y faire un tour. Floriane et Rodolphe doivent me rappeler sans cesse afin que je revienne continuer la balade avec eux dans les bois.

Je ne traverse jamais la forêt en courant, de peur de manquer quelque chose. Je préfère roder, tous mes sens en alerte. La forêt change tous les jours. Je peux sentir par où sont passés les chevreuils et les renards, si des sangliers ont traversé le sentier, ou même si nous suivons les traces d'un être humain. L'odeur des aiguilles de sapins m'enivre. Je décris de grands cercles autour des arbres, en suivant les sons et les odeurs souvent presque imperceptibles, mais qui attirent toute mon attention. Je suis fou de la forêt. Je ne crois pas qu'aucun chat éprouve autant de plaisir et de chance que moi !

Ce soir-là, je me souviens avoir emprunté un chemin forestier à la lisière du bois. La lune rousse et ronde effleurait la cime des arbres. A l'opposé, le soleil couchant éclairait de sa dernière lueur orangée l'horizon lointain et disparaissait. Peu à peu, la nuit m'enveloppait de son voile et lentement la lune montait rejoindre les milliers d'étoiles pour veiller sur ce monde endormi. Je me plaisais à renifler ces odeurs si particulières qui n'appartiennent qu'à la nuit. La forme allongée de mon ombre rendait à cet instant une atmosphère mystérieuse et angoissante. J'entendais ces bruits étranges venant du fond de la forêt, et que moi seul pouvais percevoir.

De très loin, je percevais le faible hululement d'une chouette hulotte. Plus je m'approchais, plus son chant mélodieux devenait perceptible. J'entamais alors avec elle un duo, un concert pour chat et chouette en miaou majeur. En cette nuit de pleine lune, seuls nos deux voix résonnaient dans les profondeurs silencieuses de la forêt.

Et le week-end était déjà fini.

Chapitre 9

LE JURA

     Chaque année, les vacances étaient prévues dans une région différente. Et cette année-là, la région choisie fut le Jura. Encore une région superbe, mais surtout couverte de forêts, un véritable bonheur et un enchantement. Comme à leur habitude, Floriane et Rodolphe avaient programmé un itinéraire, mais ils le suivaient rarement à la lettre. C'était plus souvent la découverte que la précision du parcours.

     La première image que je vis en approchant, fut les montagnes, toutes recouvertes de sapins. Surplombant la vallée étroite, les épines rocheuses se coiffaient de nombreux châteaux-forts anciens.
     La première étape, fut une ville où passait le Tour de France cycliste cette année-là. Déjà, les jours précédents, de très nombreux autres camping-cars s'étaient rassemblés pour suivre cette course mythique. Pour moi, cela ne m'intéressait pas le moins du monde,

tous ces hommes pédalant sur leur vélo, pendant des jours, parcourant les routes de France.

J'avais repéré depuis peu, dans un camping-car garé un peu plus loin, une chatte qui m'intriguait. Car mon instinct me disait qu'il s'agissait bien d'une femelle. Elle était couchée, roulée en boule sur le tableau de bord et n'en bougeait pas. Je tournais, passais et repassais devant elle pour attirer son attention mais rien n'y faisait. C'est alors que je décidai d'appliquer le plan B. Je m'assis devant et je me mis à miauler à m'en faire éclater les cordes vocales. Enfin, elle finit par se redresser et là, je vis ses yeux, des yeux comme je n'en avais encore jamais vus, d'un bleu si transparent, si pur, si limpide. Ce fut ce que vous appelez le coup de foudre ! Elle avait le poil d'un blanc immaculé, lisse et brillant. Elle se mit aussi à miauler. Je ne l'entendais pas mais je voyais le mouvement de sa tête. D'un coup, elle disparut. J'attendis impatient, nerveux. Elle profita d'un moment d'inattention de ses maîtres pour s'enfuir par la porte restée à peine entrouverte et vint me retrouver un peu plus loin. Je frottai alors ma truffe contre la sienne. Elle se pencha vers moi et me raconta ses journées moroses. J'étais comme un rayon de soleil dans sa vie si triste, si terne et sans saveur. Je décidai donc de lui changer les idées et de partir lui faire découvrir les mille et une merveilles de la forêt. Je lui expliquai mes aventures et elle m'écouta attentivement. Elle avait le regard profond, les oreilles droites, elle était merveilleusement belle. Nous empruntâmes un chemin qui s'enfilait dans les bois. Elle me raconta sa vie. C'était une femelle de trois ans. Son nom « boule de neige » lui convenait parfaitement. Je n'avais jamais vu un pelage blanc aussi parfait. Elle restait des heures entières à dormir sans avoir le droit de sortir. Le temps lui semblait si long, les journées si monotones, l'ennui si profond…. Et moi, je me sentais fautif d'être si libre ! Notre balade dura de longues minutes, interminables et tellement agréables. Nous marchions côte à côte, nos pelages se frôlant légèrement, nos queues se mêlant l'une à l'autre. Parfois, je sentais sa tête se pencher sur la mienne, alors je m'arrêtais et me retournais face à elle. Je posais ma truffe contre la sienne, ce qui représentait pour moi le baiser suprême. J'étais fou amoureux, j'aurais souhaité que le temps s'arrête. Mais notre idylle n'eût pas le temps de durer. Elle me fit comprendre qu'elle devait rentrer bien vite car ses maîtres étaient sûrement morts d'inquiétude, et malgré tout, elle ne voulait pas leur faire de peine. Désespéré, je la raccompagnai à son foyer, le cœur bien triste. Un dernier truffe-à-truffe avant de se séparer. Je crus déceler une larme au coin de ses yeux quand elle se retourna avant de franchir la porte du véhicule et de se retrouver de nouveau dans les bras de sa maîtresse. Dès le lendemain, elle était partie. Elle avait disparu de mon univers mais jamais elle ne disparaîtrait de mes souvenirs.

En cet été très chaud, même caniculaire, il faisait bon se promener à l'ombre des bois. Le jour suivant, dès ma première balade en forêt, je découvris un arbre démesuré. Un grand chêne âgé de plus de trois cents ans dont je m'amusai à faire le tour plusieurs fois. Puis, je traversai un petit pont de bois qui enjambe une jolie petite rivière nommée « la Doucette » et qui serpentait à travers le terrain. J'écoutai cette étrange musique portée par la rivière qui me rappelait le son des cloches. Sur la berge, je m'amusai avec les crapauds sonneurs me donnant le concert du jour. Je suivis ensuite un sentier en pierre taillé dans la roche, escarpé et en pente raide, qui conduisait à un promontoire rocheux. De là-haut, j'avais une vue superbe sur la vallée, les montagnes au loin et surtout sur une magnifique cascade. Puis soudain, le sentier déboucha sur un lac, à huit cents mètres d'altitude, petit mais très profond. Je ne me serais pas risqué à aller vérifier ! Et me voilà parti pour en faire le tour par la gauche. Je découvris un site verdoyant, un rêve pour moi qui suis amoureux de la nature sauvage, et sensible aux légendes d'autrefois, entre reines des prés et roseaux où vivent couleuvres et crapauds. Je passai à côté d'immenses prés et prairies où des dizaines de vaches me regardaient avec étonnement, gentils monstres que je me surprenais à dévisager avec tant d'intérêt. J'entendis leurs cloches tinter dans la brume du petit matin. Puis, ayant fait le tour du lac, je redescendis par le même sentier pour enfin revenir au camp de base.

La seconde étape, le mercredi suivant, se situait dans la ville aux quatorze fontaines. Une ville que je trouvai merveilleuse. Le temps était terriblement chaud, étouffant, car c'était un été caniculaire que cet été-là. Et je me régalais déjà à l'idée de déambuler à l'ombre des rues étroites à la découverte de ces fabuleuses fontaines. La chaleur était vraiment pesante et suffocante. L'air irrespirable. Le matin, Floriane avait enfilé un joli pantacourt gris en toile légère, ses chaussures en toile bleu marine, un petit T-shirt bleu clair qui faisait ressortir la couleur de ses yeux. Elle tenait à la main un plan détaillé de la ville et me voilà parti avec elle à la recherche de ces précieux trésors. La première fontaine que je trouvai facilement, représentait un ange perché sur un bassin rond en pierre situé à l'entrée de l'ancien casino. La suivante, à l'angle de deux rues, représentait deux cygnes sur un piédestal de chaque côté d'une colonne, lieu où l'on rendait la justice autrefois. Je continuai ma visite à travers la ville, pour découvrir celle du vigneron sur la place principale. La statue qui la surplombe, une déesse tenant en ses mains une énorme cruche, représente le vin, une des activités essentielles de cette ville au siècle dernier. Celle du lion fut ma préférée, une grande et belle fontaine rectangle en pierre surmontée d'une tête de ce félin puissant qui me fixait fièrement et à qui je ressemble étrangement. Je grimpai sur le rebord et je me laissai couler dans cette eau fraîche pour faire descendre la température de mon corps. Je sais nager naturellement, c'est inné chez moi, comme chez la plupart des animaux. La chaleur de cette journée d'été était devenue vraiment trop étouffante. Je battis des pattes, j'en fis le tour rapidement puis je remontai tranquillement vers l'extérieur. Je m'ébouriffai en me secouant de la tête jusqu'au bout de la queue. Je continuai de déambuler lentement jusqu'à la nouvelle fontaine du nom d'un colonel dont je n'ai pas retenu le nom, cachée dans le renfoncement d'un mur près du bureau de poste.

Le jour suivant, nouvelle randonnée vers le fort Saint André perché en haut d'une colline à l'écart de la ville. Je pris le départ sur la place du village. Je longeai la petite allée, passai sous le porche à gauche de l'établissement thermal. Je suivis ensuite la rivière Furieuse qui porte bien son nom car malgré la sécheresse du moment, elle coulait avec une force incroyable. Je craignais un peu de tomber, mais il me fallait traverser. Je repérai un peu plus loin un pont en bois, plutôt fragile à mon goût, le pont du paradis, que je franchis prudemment, la queue serrée entre mes pattes, et toujours sur mes gardes. Une fois de l'autre côté, j'empruntai un petit sentier de pierre qui montait en pente raide et qui s'enfonçait dans une forêt dense pour mon grand bonheur. La montée fut un peu difficile pour mes petites pattes mais surtout je pris le temps de batifoler à travers les arbres. Je respirai avec bonheur toutes ces odeurs familières. J'aperçus alors au loin un reste de bâtisse en pierre, une forteresse, le fort Saint André, des fortifications de Vauban qui dominaient le paysage. Le belvédère offrait à cet endroit un panorama magnifique sur la ville en contrebas et sur la vallée tout entière. Je m'allongeai sur un coin d'herbe et je profitai du superbe paysage, avant de redescendre par un petit sentier en lacets successifs. Ce fut encore une merveilleuse journée pour moi.

      Le vendredi suivant, une cinquantaine de kilomètres plus loin, direction plus à l'Est. Nouvel arrêt à la sortie d'un petit village isolé tout près de la frontière. Je me préparais encore à une nouvelle balade riche en découvertes. Comme toujours, je miaulais d'impatience. Je pensais : « qu'ils sont longs à enfiler tout leur équipement ! Allez, plus vite ! » Il est vrai que moi, je n'ai pas besoin d'enfiler de grosses chaussures de sport, ni de mettre mon sac à dos plein de victuailles pour une randonnée de la journée. Enfin, nous voilà partis. J'empruntai d'abord le sentier panoramique. Je traversai une tourbière et je m'enfilai très vite dans cette forêt immense peuplée d'épicéas et de pins dont je raffole de l'odeur. Moi, toujours fier de marcher en tête, je voulais être le premier à découvrir tous ces nouveaux trésors. De nombreux écureuils, pourtant si discrets, se laissaient apercevoir furtivement au détour d'un tronc d'arbre dont je respirais avec bonheur la sève du bois. Je m'engageai ensuite sur un chemin de terre puis je décidai soudain de bifurquer et de m'enfouir dans le bois par un tout petit sentier à peine plus large que moi que je venais de découvrir. Je reniflai au sol une étrange odeur sauvage et grâce à mon odorat puissant et à mon flair infaillible, je compris bien vite que j'étais sur les traces d'un sanglier. Je ne savais pas encore s'il s'agissait d'un vieux et gros solitaire de plusieurs centaines de kilos ou de toute une famille avec ses petits marcassins. Je me tins donc sur mes gardes. Car si je pouvais le sentir, lui aussi était tout à fait capable de détecter ma présence. Aussi, j'avançai très prudemment. Puis, lorsque le sentier déboucha un peu plus loin au fond d'une clairière, je vis une étrange construction en bois qui me paraissait monumentale vue d'en bas. J'arrivai au pied et j'en grimpai les premières marches faites de rondins rabotés sur une face pour leur donner un côté plat. A plusieurs reprises, je faillis culbuter et chuter. Il me fallut tout mon équilibre de bon félin pour tenir sur mes pattes. Le bois était quelque peu moisi, pourri, vermoulu et toute cette structure si tremblante, ne demandait qu'à s'écraser par terre. Par chance, elle résista à mon faible poids. Ce mirador, car c'était bien un mirador, avait dû être installé ici, à cet endroit bien précis, par quelques chasseurs bien avisés, il y a très longtemps. Cet affût surélevé adossé à un arbre leur servait de poste d'observation à quelques mètres du sol. Il restait invisible pour le gibier qui ne se méfiait pas d'un potentiel danger venu du ciel. Cependant il ne devait plus servir depuis longtemps. A moins que ce ne soient les fortes pluies de l'hiver précédent qui avaient rendu le sol si fragile et si instable. Toujours est-il que j'arrivai tant bien que mal, à grimper jusqu'au sommet. Je me retrouvai sur une plate-forme en tôle rouillée bien que protégée par un semblant de toiture faite de planches dépareillées. De là-haut, le point de vue était sensationnel. J'apercevais tout ce qui pouvait se passer en bas à 360°. Je m'assis donc tranquillement et attendis. J'entendais le vent souffler dans les branches et balancer les feuilles des arbres. Mon souffle et ma respiration s'effaçaient dans le silence de la forêt.

Soudain mon attention fut attirée par un bruit étrange. Mon ouïe si développée détecta un grognement lointain, à peine audible pour vous les humains. Des silhouettes sombres apparurent lentement dans l'ombre derrière les troncs des sapins. Je découvris bien vite qu'il s'agissait de ces fameux sangliers que je redoutais de voir. Peu à peu, toute une famille constituée de deux gros adultes et de huit petits marcassins d'un pelage marron clair rayé de blanc, avançaient groupés sans s'occuper de moi. Ils reniflaient, la truffe au ras du sol, à la recherche de quelques restes de glands ou de faines à dévorer. Du haut de mon perchoir, j'attendis un bon moment que toute cette petite famille veuille bien rejoindre le centre de la forêt. Je ne voulais pas risquer ma vie face à de si gros mammifères. Et à la tombée de la nuit, je descendis à mon tour.

Après plusieurs heures en forêt, je m'engageai sur le chemin du retour, car il me fallait bien rentrer même si c'était à contre-cœur.

J'avais déjà parcouru plusieurs kilomètres quand je sortis de la forêt pour m'engager sur une étroite route forestière. Floriane et Rodolphe me surveillaient toujours. Après de si longs moments de solitude à n'écouter que le chant des oiseaux ou le bourdonnement des insectes, voici que j'aperçus au loin quelques silhouettes inconnues, des formes allongées qui remuaient sans cesse et qui traversaient le chemin, d'un coté à l'autre et en sens inverse. Je les voyais s'agiter en nous voyant arriver. Plus je m'approchais et plus ces personnages étranges m'intriguaient. Je ralentis mon allure et j'aperçus sur le côté droit de la route une petite cabane, une simple baraque carrée, en bois, garnie de nombreux panneaux écrits en plusieurs langues. A notre approche, un homme en sortit. Il était vêtu d'un costume bleu foncé, d'une casquette et chaussé de longues bottes de cuir. Le regard sombre, la voix rauque et décisive, il s'adressa à Rodolphe :

— Vous venez de loin ? Vous avez vos papiers ? Vous savez que vous êtes en Suisse et que pour repasser la frontière, il faudra mettre cet animal en quarantaine ?

Je n'en crus pas mes oreilles :

Quoi ! Me mettre en quarantaine ? Non mais, il n'en est pas question ! Et je ne suis pas n'importe quel animal ! Je suis un chat, et un chat intelligent !! Je ne vais pas me laisser faire !

Après plusieurs longues minutes d'explications auprès de ces douaniers bien professionnels mais un peu trop zélés à mon goût, je réussis à rester en liberté et je pus regagner tranquillement le camp de base avec Floriane et Rodolphe.

Chapitre 10

L'AUVERGNE

Connaissez-vous l'Auvergne ? Si oui, vous reconnaîtrez le paysage, si non, vous allez découvrir cette superbe région. Mais, je l'ai déjà dit et je le pense encore, la France est un merveilleux pays !

L'année suivante, la destination choisie fut justement l'Auvergne. Une région que Floriane et Rodolphe ne connaissaient pas encore, ce qui les avait décidés. Le départ fut donc comme à l'habitude la troisième semaine de juillet pour un bon mois au moins. Les préparatifs du départ étaient plus compliqués cette fois-là, car le séjour devait être plus long. Il ne fallait surtout rien oublier. Rodolphe était très méticuleux et ne voulait rien laisser au hasard. Enfin ce fut le grand jour que j'attendais depuis si longtemps. Le soleil était au rendez-vous de ce départ comme pour nous souhaiter un bon séjour dans cette région. Après plus de quatre cent cinquante kilomètres et après avoir traversé quelques villes et nombreux villages, Rodolphe arrêta le camping-car à la sortie d'une petite ville tranquille. Floriane était chargée de la logistique et avait trouvé un joli petit endroit, près d'un lac. Aussi, il fut décidé d'y rester pour la nuit, et même plus, si l'endroit nous plaisait. Je ne perdis pas un instant pour aller explorer les environs. Je découvris non loin de là, une petite rivière qui serpentait à travers les arbres. Je vis une dizaine de canards barboter et ma seule envie fut d'aller les rejoindre, pas pour me baigner avec eux mais bien pour essayer d'en attraper un ou deux. Je m'approchai lentement du rivage. Je me penchai et je risquai une patte dans l'eau. Mais à ma grande surprise, le sol fragile et instable se déroba sous mes pattes et je me retrouvai emporté par le courant. En fait de chasse silencieuse, le bruit de mon plongeon fit s'envoler les canards dans un concert de caquètements et de battements d'ailes. Bien triste et un peu vexé pour dire vrai, je n'eus que le choix de rejoindre la rive, tout penaud.

A la fin de cette première journée, Floriane et Rodolphe avaient décidé comme à leur habitude d'aller faire un tour à la tombée de la nuit. Je fus donc le premier prêt à partir en exploration. Car c'est à cette heure nocturne que je suis le plus heureux des chats. Le tour du lac offrait de nombreuses cachettes insoupçonnées. Je me plaisais à courir après les insectes de nuit, ou les dernières grenouilles encore éveillées que je poussais de ma patte délicatement. Je me positionnais juste à côté d'elles et je sautais tel un batracien, le corps recourbé, les quatre pattes en l'air en même temps, ce qui me donnait une position à la fois ridicule et hilarante.

Mais c'était un jeu qui me plaisait. Je fis donc le tour du lac à la lueur de la lune montant vers le ciel, jouant avec les ombres de la nuit, reniflant ces odeurs crépusculaires, écoutant tous ces bruits mystérieux, invisibles et secrets que j'étais le seul à pouvoir entendre.

Deux jours après, nous fîmes un arrêt dans une célèbre forêt, reconnue pour ses chênes plusieurs fois centenaires et ses fontaines miraculeuses. Quel bonheur, encore une forêt ! Floriane et Rodolphe aussi étaient ravis. Et me voilà reparti en leur compagnie à travers des kilomètres de sentiers de randonnée. Encore ces odeurs, ces parfums qui n'appartiennent qu'aux arbres, à ces sapins gigantesques, immensément hauts, à ces chênes majestueux, si vieux et pourtant si droits, sans la moindre trace de faiblesse malgré les années. L'été était pourtant bien installé mais il restait encore au sol des feuilles dans lesquelles je me roulais, enfouissant ma truffe dans la terre comme le font les sangliers. Je parcourais les sentiers d'une longueur à n'en plus finir, à la recherche de quelques nouveaux trésors, à la conquête de quelque souris enfouie dans l'herbe d'un fourré pour un prochain repas.

Les jours suivants furent intenses en émotions. Floriane et Rodolphe avaient prévu une visite merveilleuse : la découverte de la chaîne des Puys, ces volcans alignés par dizaines dans cette région. Il fut donc décidé de faire l'ascension du premier volcan, le Puy de Dôme qui a donné son nom au même département. La route qui y conduit, traverse la région en une succession de virages qui me donnait le vertige. Rodolphe alla garer le camping-car sur un immense parking où de nombreux autres se trouvaient déjà. A peine descendu, je regardai autour de moi et en levant la tête, mon regard fut attiré par ce puissant mont recouvert d'un tapis de verdure. Âgé de plus de onze mille ans, il est pourtant un des plus jeunes volcans de cette chaîne des Puys. A quelques mètres de là, une gare flambant neuve nous attendait. Ce train blanc, d'une modernité futuriste appelé le Panoramique des Dômes venait d'être inauguré cet été de l'année 2012.

      Le soir tombait. C'est vraiment l'instant que je préfère. Le jour disparaissait lentement. La pénombre envahissait le paysage. Et c'est justement à ce moment-là que Floriane et Rodolphe avaient décidé de m'emmener en balade à l'heure où les touristes deviennent plus rares. C'est donc tout fier que je montai avec eux dans ce nouveau train, ultra moderne, tout électrique, presque silencieux. Seuls deux ou trois touristes, assis au fond du wagon, me regardaient avec une grande curiosité. Je me promenai de long en large, pendant la montée du volcan, qui ne durait qu'une vingtaine de minutes. Parfois je grimpais sur les genoux de Floriane. Je posais mes deux pattes sur le rebord de la fenêtre et je regardais à l'extérieur. Je voyais déjà au loin le village rapetisser et disparaître dans la brume du soir. Peu à peu, la végétation se raréfiait jusqu'à devenir inexistante. Arrivé au sommet à mille quatre cent soixante-cinq mètres, sous l'œil amusé et curieux des quelques touristes, je fus le premier à descendre du wagon, tel un grand seigneur, mais après tout, je suis effectivement un personnage important ! Là-haut, waouh ! Quelle fraîcheur ! Un long frisson me traversa tout le corps de la tête à la queue. Le vent ne soufflait plus vraiment mais une légère brise avait rafraîchi la température. Juste quelques pas sur le sentier pour admirer ce paysage grandiose. La tête en avant, le cou tendu, je n'avais pas la truffe assez grande pour analyser cette multitude d'odeurs qui montait du fond de la vallée. Au loin, j'aperçus encore les derniers parapentistes atterrissant sur un carré d'herbe qui leur servait de base. Ils flottaient dans l'air comme de grands oiseaux portés par les courants, en silence dans l'immensité du ciel, se laissant porter par les rayons du soleil, suspendus à leur aile pour admirer la beauté du paysage et effleurer la cime des arbres de la forêt. A cette heure du crépuscule, les couleurs et la lumière me procuraient un sentiment de douceur et de sagesse. Et d'un coup, je les enviais. J'aurais bien aimé survoler ce paysage, pour avoir une superbe vue d'ensemble, tellement je trouvais l'endroit splendide. Puis, tranquillement, je fis le tour de ce volcan éteint depuis des millénaires, en m'émerveillant encore et encore devant tant de beauté. Mais le temps était déjà venu de redescendre. Je m'engageai sur le sentier des muletiers, successions de lacets étroits au flanc du volcan, marchant en premier comme à mon habitude, Floriane et Rodolphe me suivant juste derrière.

Le vendredi suivant me réserva une autre grande surprise. Floriane avait envisagé l'ascension du Puy de Sancy. Il est constitué de plusieurs volcans imbriqués les uns dans les autres car leurs phases d'éruption n'ont pas été simultanées. Heureusement il n'est plus en activité depuis deux cent cinquante mille ans. Bien évidemment, je me réjouissais à l'avance de cette nouvelle excursion. Très tôt le matin, tout le monde était prêt. Même le soleil était au rendez-vous. Après une nuit fort orageuse, un temps lourd et étouffant, les éclairs avaient illuminé le ciel si noir, et le tonnerre avait grondé si fort qu'il aurait pu réveiller les Chinois à l'autre bout de la terre. Mais heureusement ce matin, le calme était revenu pour mon plus grand bonheur. Nous étions donc les seuls touristes à l'aube de cette journée, prêts à emprunter la première montée du téléphérique vers le sommet. Avant même les premiers arrivants, je m'empressai de m'engouffrer dans la cabine, une cabine rouge et noire flambant neuve. Je grimpai dans les bras de Floriane et collai mes deux pattes avant sur le rebord de la fenêtre. Le museau tout contre la vitre pour ne pas en perdre une miette. Une fois la cabine remplie de touristes aussi curieux que moi, l'ascension put alors commencer. Le téléphérique s'ébranla et la montée démarra lentement. J'entendais les appareils photos crépiter. Sous moi, sous mes pattes, je pouvais apercevoir les pistes de ski enneigées en hiver, mais qui à cette époque de l'année, étaient recouvertes d'un tapis de verdure parfumée.

Après un bon quart d'heure de montée, arrivé au sommet, à la sortie du téléphérique, il restait encore plus de huit cents marches de bois à gravir. Je grimpai donc tranquille. Je rencontrai d'innombrables chiens de toutes races mais aucun chat. Encore une fois je pensai que j'étais bien chanceux. Après plusieurs minutes de grimpette, je découvris un panorama magnifique, paysage volcanique, faune et flore remarquables tout le long du sentier escarpé et des rampes herbeuses. Et en ce mois d'août, je pouvais respirer les bruyères colorées de mauve et les landes de myrtilles dont le parfum sucré me régalait.

Pour la descente, car il fallait bien redescendre, je m'empressai de continuer par le « sentier du pas de l'âne » en pente raide, étroite et vertigineuse. Serpentant en lacets, il est l'ancien chemin qui conduisait les pèlerins au Temple de Mercure, dieu des voyageurs. Nature généreuse, synonyme de grands espaces, ces horizons insolites me font rêver. J'ai l'impression de me promener sur un paysage lunaire, composé de dômes, de cônes ou de cratères recouverts de pelouses ou de bois pour mon plus grand plaisir, juste guidé par la musique du vent.

Non seulement curieux du patrimoine, Floriane et Rodolphe sont aussi très curieux de tout le patrimoine culinaire si diversifié de cette région. C'est ainsi que fut décidé de suivre la route des fromages. Et croyez-moi, ce ne fut pas pour me déplaire, car je suis également un amateur averti de fromage, tous les fromages. Je découvris ainsi des villes comme Saint Nectaire, le Mont Dore, la Tour d'Auvergne. Le moment le plus intéressant pour moi fut celui de la dégustation. Dans les caves d'affinage, le fromage reste au minimum vingt-et-un jours, il est frotté à l'eau salée et retourné quotidiennement. Bien sûr, je n'ai pas pu entrer, mais Floriane connaissant ma gourmandise m'avait gardé un morceau de ce précieux trésor et, dès leur retour, je me délectai de ce nectar de la nature. La finesse de son goût délicieux et délicat me rappelle la saveur incomparable de la noisette. La richesse floristique des prairies naturelles de ces montagnes lui confère son goût si original. Mais je dois avouer que parmi tous ceux que j'ai goûtés durant ce périple, j'ai un petit faible pour la famille des « bleus ».

Chapitre 11

PHILIPPINE

L'année suivante, pour une petite semaine de vacances au mois de juillet, Floriane avait décidé d'aller rendre visite à une de ses amies de longue date. Elles s'étaient connues quelques années auparavant et avaient très vite sympathisé. Une sympathie devenue une amitié sincère au fil des mois. Elles avaient travaillé dans le même établissement scolaire. Après avoir vécu dans la même région, Philippine avait décidé d'emménager dans le sud du pays en Provence, pour retrouver un peu plus de soleil. Elle avait un nom prédestiné, en grec cela signifie qui aime les chevaux.

C'est ainsi que le départ fut donné dans la matinée pour une nouvelle grande aventure. J'étais encore bien plus impatient qu'eux. Découvrir de nouveaux horizons était devenu une de mes passions. J'adorais les voyages pour pouvoir explorer d'autres régions encore inconnues de moi. Le voyage fut un peu plus long que prévu. Plutôt que l'autoroute, long ruban d'asphalte monotone, Rodolphe avait préféré prendre la célèbre Route Nationale 7, en traversant les villes et petits villages typiques.

Enfin, après de nombreuses heures de route, et plusieurs haltes pour me dégourdir les pattes, l'arrivée était proche. Grâce au plan détaillé envoyé par Philippine, Rodolphe trouva facilement sa maison un peu à l'écart de Valréas. Et en cette fin d'après-midi, elle nous attendait devant sa porte. Après de grandes embrassades bien méritées à la suite d'une si longue absence, Rodolphe effectua une manœuvre délicate pour franchir l'étroit portail en surveillant de chaque côté de son œil avisé, puis il alla se ranger le long de la clôture du jardin. Et là, à cet instant précis, je compris que les jours futurs allaient être remplis d'extraordinaires émotions.

A peine le moteur arrêté, la porte ouverte, je descendis explorer les lieux. A mon grand étonnement, je me trouvai dans un parc, un grand pré clôturé par des centaines de roseaux et des arbres de différentes espèces. Une odeur étrange et nouvelle attira tout particulièrement mon attention. Je posai ma truffe sur le sol pour analyser ce nouveau terrain. Un amoncellement de crottin d'un animal que je n'avais encore jamais approché de si près. Deux magnifiques chevaux se tenaient droit, juste devant moi. Ils me regardaient d'un air aussi étonné que s'ils avaient vu débarquer un extraterrestre d'une planète lointaine. Un magnifique Camarguais blanc, âgé de treize ans, répondait au nom de Jason, et un tout aussi magnifique Selle Français marron, âgé de quinze ans prénommé

Magnum. Je pense que tous deux n'avaient jamais vu de chat aussi petit que moi. Bien que leurs yeux grossissent tout ce qu'ils voient, ils devaient me trouver ridiculement minuscule, à côté de leur taille géante. Je m'approchai lentement. Je me mis à renifler leurs pieds et leurs sabots. Jason, peu craintif, se laissa faire sans bouger. Mais Magnum, plus farouche, recula brutalement, et pris d'une panique incontrôlée, je détalai sans demander mon reste.

Le temps était superbe en cette saison de début d'été. Un soleil franc, radieux brillait, éblouissait même tout le jardin. J'adorais m'y prélasser, couché sur le dos, le ventre à l'air, les pattes bien détendues. La chaleur des rayons me relaxait. Je passais de longs moments, paisible, tranquille, décontracté. J'aimais ces instants de repos, de délassement total où je restais immobile, les yeux fermés, m'endormant dans un profond sommeil. La douce brise d'un mistral naissant, me caressait le corps, rendant la chaleur plus supportable. Bref, le luxe absolu, la jouissance totale.

Depuis longtemps, Philippine adorait les animaux. J'avais déjà fait connaissance avec ses deux chevaux, et un jour, dans mon sommeil, je sentis approcher un congénère. Silencieux, comme tous les félins, Symba, un superbe chat tigré, au pelage plus clair et plus gris que le mien, avec une superbe queue en panache, avait fait son apparition. Je me redressai d'un bond et le regardai avancer prudemment. Mon caractère sauvage, solitaire et farouche, s'effaça devant mon instinct infaillible. Je le laissai s'approcher, de plus en plus près. Lui, craintif, me dévisagea de la tête à la queue. Il faut le comprendre. J'étais sur son territoire. J'étais l'étranger. Mais bien vite, sa truffe vint frôler la mienne. Je le laissai faire. Et je sentis aussitôt que je venais de me faire un nouvel ami. Je ne mis même pas bien longtemps à partager ses jeux et également son arbre à chat sur lequel on s'amusa de longues heures ensemble.

Dès le lendemain, Symba m'invita à découvrir les environs. Je le suivis fièrement, curieux de savoir ce qu'il voulait me montrer, curieux de connaître et partager tous ses trésors. Je partis donc à sa poursuite, la truffe au vent. Soudain je m'arrêtai brusquement. Une nouvelle odeur, un nouveau parfum avait attiré ma curiosité. Je bifurquai subitement vers la gauche et j'allai me cacher dans un champ immense. Je reniflai avec précaution d'abord, puis avec insistance cette senteur inconnue. Symba, m'ayant vu disparaître, revint sur ses pas me rejoindre. Mon inquiétude ne dura pas longtemps. Je compris très vite que cette nouvelle odeur, j'allais la retrouver un peu partout par ici. Cette odeur si spécifique à la région était bien sûr celle de la lavande. Cette fleur d'un mauve parfait, qui peut fleurir selon le climat dès la mi-juin et embaume délicatement tout l'atmosphère. Ce fut pour nous deux, un nouveau terrain de jeu. Et chaque jour, dès l'aube naissante, j'allais batifoler avec mon ami Symba dans les moindres recoins de ces immenses champs, véritables océans aux parfums subtils, ondulant au gré du vent. Jouant à cache-cache à travers cette plante si odoriférante, je retrouvais la lavande partout autour de moi, de la plante cultivée sur les coteaux, à la fleur en bouquets d'un violet si particulier. Partout ces grandes étendues à perte de vue, me plongeaient dans une mosaïque de couleurs et de senteurs parfumées. Ces feuilles linéaires de couleur gris-vert, à l'odeur parfois camphrée, possèdent à l'extrémité de ses épis, ces célèbres et fameuses fleurs violettes plus foncées. Puis, fatigué de cette course folle, j'allais me reposer de la forte chaleur en cette saison dans la région, à l'ombre de ces petits arbrisseaux si parfumés.

Symba me fit également découvrir un endroit qu'il affectionnait tout autant. Un peu plus loin, le long d'un sentier isolé, je le vis grimper brusquement à un arbre avec une agilité impressionnante. Arrivé à seulement quelques mètres du sol, il me regarda en miaulant bruyamment. Je compris qu'il m'invitait à le suivre, ce que je fis sans me faire prier, avec même un réel plaisir, enfonçant mes griffes profondément dans l'écorce brune et crevassée de cet olivier. Cet arbre très rameux, au tronc sculpté et noueux, a su conserver, dans ces régions venteuses, la forme buissonnante d'une boule compacte et imperméable. Au fur et à mesure de mon ascension, je reniflais avec délicatesse ces feuilles ovales, allongées, persistantes, d'un vert clair argenté. A notre retour, comme si elle avait deviné, Philippine nous avait préparé quelques-uns de ces fruits dénoyautés qui étaient le régal de Symba. Je léchais, mordillais et je me délectais de ce petit bijou si juteux, ce petit fruit ovale d'un vert tendre aux arômes envoûtants et à la pulpe charnue. Un stupéfiant qui me procurait une ivresse grandissante, car son composant actif est le népétalactone qui possède des effets antidépresseurs et enivrants qu'on trouve aussi sur l'herbe à chat.

Et chaque jour qui suivait, me réservait de nouvelles surprises. Symba me conduisit dans un autre de ses trésors. Un vignoble immense s'étalait devant mes yeux. Comme à mon habitude, je le suivis dans ce dédale de ceps tous alignés, bien rangés les uns à côté des autres. Mais je ne me souciais guère de ces alignements réguliers. Ma seule préoccupation était le jeu et la course poursuite.

Depuis mon arrivée, j'avais remarqué une étrange musique, un bruit incessant, comme un son strident. Symba m'expliqua que cette mélodie, qui m'était encore inconnue, n'était rien d'autre que le doux chant des cigales. Incollable sur sa région, il me raconta que seul le mâle chante, il « cymbalise » pour attirer sa femelle dès que la chaleur se fait plus forte. Mais il se fait silence dès que l'on s'approche d'un peu trop près. J'étais riche de toutes ces informations et je me sentais très fier de partager la passion de Symba. Je comprenais vivement combien il adorait sa région et à quel point il voulait me la faire partager.

Un vendredi, Philippine décida de faire partager un autre endroit de sa Provence, la célèbre ville d'Avignon. Au bout d'un peu moins d'une heure de route, la cité était là.

C'est étrange comme elle me rappelait Saint-Malo en Bretagne. Les mêmes forteresses mais la mer et les embruns, le vent salé et les goélands en moins. Je passai donc de l'autre côté du grand boulevard en empruntant le passage souterrain, et je me retrouvai au pied de ces remparts mythiques, ceinturant la ville sur plus de quatre kilomètres, construits afin de repousser les assauts des assaillants. Je franchis la porte principale pour me retrouver intra-muros. Après quelques mètres, je découvris cette énorme bâtisse qu'est le palais des papes. J'imaginai alors la vie à l'époque où neuf papes se sont succédé, au XIVème siècle. Cette imposante forteresse et ce palais somptueux représentaient le symbole de la puissance de la chrétienté et de pouvoir de la papauté. En moins de vingt ans, ils firent édifier ce grand palais gothique où je me promenai, avec toutes ces grandes salles d'apparat, décorées de fresques inestimables où se déroulèrent un grand nombre de cérémonies et de festins.

Puis vint enfin le moment tant attendu. J'allais découvrir le fameux pont, rendu célèbre par la chanson enfantine, de son vrai nom le pont Saint Bénezet, du prêtre canonisé pour avoir réalisé un miracle en posant la première pierre du pont. Je franchis les quelques marches et m'avançai prudemment au milieu. Je surplombais le Rhône, fleuve majestueux à cet endroit où les bateaux de croisières embarquent pour d'inoubliables aventures. J'avançai encore un peu, posant mes pattes sur le rebord de pierre de la Tour Philippe le Bel pour m'offrir cette vue exceptionnelle et imprenable sur la ville. Puis revenant sur mes pas, je me mis à danser, sautant d'une patte sur l'autre et tournant autour de ma queue. J'aurais voulu traverser pour me rendre sur l'autre rive mais quelle ne fut pas ma surprise quand je découvris qu'il n'existait que trois arches. Les autres avaient été endommagées à la suite des guerres et des différentes inondations du fleuve. Plusieurs fois reconstruit, il avait été abandonné au 17ème siècle. Peu importe, je m'émerveillai devant cette œuvre architecturale remarquable.

La semaine suivante, j'allais monter le mont Ventoux. Oh ! pas à vélo comme le font les cyclistes du Tour de France. D'un bout à l'autre de la contrée, on ne voit que lui, véritable colonne sur son promontoire rocheux. Comme un phare guidant les marins, il sert de repère pour tous, les locaux comme les touristes. En hiver, la neige recouvre son sommet d'une gigantesque calotte blanche, mais, en été, il vient se chauffer le crâne au plus près du soleil. La montée était assez longue, plus de vingt kilomètres. Mais heureusement pour moi, je l'ai faite dans la voiture de Philippine. Puis j'ai fini l'ascension à pied, enfin à pattes, pour assister au spectacle grandiose du lever du jour quand le soleil pointe à l'horizon. Comme le site n'était pas encore envahi par les touristes, je pouvais y déambuler à loisir, grimpant sur ses flancs et admirant la diversité de ces paysages. D'abord j'ai traversé une forêt de cèdres, puis de majestueux pins noirs du versant nord me rappelèrent les forêts des Vosges que j'apprécie tant. Les touffes d'herbes du versant sud étaient le refuge de quelques moutons. J'ai même eu la chance d'apercevoir, mais un court instant seulement, au loin un chamois. Plus je grimpais et plus je découvrais, sous l'influence de l'altitude, une herbe rase et drue dont je me régalais. J'approchais de la cime dénudée, les crêtes désertifiées, un terrain aride recouvert de pierres saupoudré de roche pulvérisée, où plus rien ne pousse. La blancheur du sommet contrastait avec le bleu pur du ciel.

    Floriane et Rodolphe accompagnés de Philippine décidèrent ensuite d'aller visiter les monuments et châteaux spécifiques de la région. Bien entendu, je fis partie de cette expédition. Un autre château imposant, tout aussi connu que celui d'Avignon, fut le célèbre château de Grignan. Ce plus grand palais Renaissance doit son prestige au souvenir de la marquise de Sévigné, célèbre épistolière pour ses lettres qu'elle écrivait à sa fille Madame de Grignan, qui a donné son nom au château. Construit au XIIème siècle sur un piton rocheux, et transformé en forteresse le siècle suivant, il domine tout le bourg de son imposante silhouette. De forme rectangulaire et ses quatre coins arrondis, je voulus compter les nombreuses fenêtres de ses façades, mais il y en avait beaucoup trop pour moi. Peu intéressé par la visite, je préférai monter les quelques marches qui menaient sur la terrasse construite plus tard, au XVIème siècle, pour admirer le superbe panorama et la vue sur le paysage alentours.

  Le château de Richerenches, à quelques kilomètres de là, est la première Commanderie de Provence érigée dès 1136. Ce bâtiment simple et modeste abritait les templiers au XIIème siècle. Pendant que Floriane et Rodolphe visitaient cet édifice, transformé en musée où sont exposés les différents costumes et accessoires de la vie des Templiers, je préférai me détendre le long des quatre rivières qui l'entourent et lui confèrent cet aspect de fraicheur si agréable en été. Je rejoignis ensuite le canal de l'Olière bordant le village, qui avait servi autrefois à faire tourner les moulins à blé et à huile.

Chapitre 12

LE SAUVETAGE

Il est un week-end qui restera à jamais gravé dans la mémoire du petit félin que je suis.
Samedi matin. Floriane et Rodolphe avaient repéré depuis longtemps, un endroit isolé en pleine forêt, au calme, à l'abri de tout, un endroit qui plaisait à toute la famille et à moi en particulier. Mais ce jour-là, Dimitri, le fils de Floriane et Rodolphe était venu passer deux jours avec nous, mais surtout avec Tex, son chat, « mon petit frère » comme je me plaisais à l'appeler.

Dimitri venait tout juste de fêter ses trente-quatre ans. Il était chauffeur routier depuis presque dix ans déjà. Il partait pour la semaine entière. Au volant de son quarante tonnes, il traversait la France entière en long, en large et en travers pour effectuer ses livraisons. Mais il n'avait jamais le temps de visiter ce merveilleux pays. Alors, dès qu'il le pouvait, il s'échappait et venait profiter de quelques moments de tranquillité et de détente avec nous. Conduire était son rêve depuis sa toute petite enfance. Tout jeune en rentrant de l'école, il jouait à conduire des camions imaginaires dans sa chambre, imitait le bruit du moteur vrombissant, passait les vitesses, assis au volant d'un super poids lourd, tractant une superbe remorque flambant neuve. Et des années plus tard, son rêve était enfin devenu réalité. Cheveux coupés très court, une carrure de sportif, d'un caractère enjoué, et plutôt rieur, généreux, courageux et toujours de bonne humeur, il était encore célibataire mais ne devait plus le rester longtemps. Il avait rencontré récemment une jeune femme avec qui il espérait bien continuer un bout de chemin et fonder un foyer. Depuis quelques années déjà, il avait quitté le foyer familial pour s'installer dans un appartement en ville mais bien trop grand pour lui tout seul.

Il avait également gardé la passion du football qu'il avait pratiqué longtemps en tant que gardien de but dans l'équipe du club local, et avec laquelle il avait gagné de nombreuses coupes et médailles dont il était très fier. Il conservait d'ailleurs encore précieusement tous les articles parus dans les journaux. Mais son métier l'accaparait beaucoup trop et il avait dû arrêter ses entraînements. Une fois par an pourtant, il lui arrivait encore de faire un match avec ses anciens copains en souvenir d'un ami de son club disparu trop jeune, tragiquement dans un accident de voiture.

Dimitri adorait son métier, mais il était souvent absent. Un jour, un de ses collègues de travail, dont la famille chat s'était agrandie, lui en avait offert un. Il était donc arrivé un matin à la maison avec une petite boule de poils, un minuscule chaton qu'il tenait au creux de sa main musclée. Il l'avait posé sur la table et j'avais alors entendu un miaulement à peine audible, un petit cri devenu perçant par la suite. Tex, c'était le nom que Dimitri lui avait choisi, était lui aussi un chat tigré, mais avec un pelage gris clair, également rayé de fines bandes noires. Il avait une petite tache blanche sous le menton en forme de losange. Particularité étrange qui lui donnait un air magique. Il avait les yeux d'un vert translucide. Il était plus jeune que moi de trois ans. Dimitri le nourrissait encore au biberon et il tenait à peine sur ses pattes. Comme je suis d'un naturel curieux, j'avais posé ma truffe sur sa tête pour m'imprégner de cette nouvelle odeur qui resterait à jamais enregistrée dans mon cerveau. Je m'en étonnai moi-même car habituellement, je ne supporte aucune présence étrangère, que ce soit un chat ou un chien même de taille beaucoup plus importante que moi, et je les attaque avec toute la ferveur de mon caractère. Mais je ne sais pourquoi, ce petit Tex, je l'avais adopté dès le premier jour. Je me sentais devenir son protecteur, avec un grand plaisir.

   Aussi à chaque visite de Dimitri, je guettais la venue de Tex. Il avait bien grandi. On se disait bonjour en se reniflant la truffe comme le font les esquimaux. Les frottements de nez sont inhabituels entre deux chats car ils nous mettent chacun en position vulnérable. Mais je connaissais bien Tex et même lorsque nous avions été séparés pendant de longues périodes, je me sentais suffisamment en confiance pour lui faire de telles caresses, qui me donnaient également une tonne d'informations sur mon ami. Je devinais ainsi ce qu'il avait fait et où il était allé... Puis on partait dans une course folle à travers la maison. Et les jeux pouvaient durer des heures entières jusqu'à l'épuisement total. On finissait par s'écrouler au milieu de la pièce principale et on s'endormait couchés l'un contre l'autre jusqu'à une nouvelle partie.

Donc ce matin-là, je me réjouissais de la venue de Tex. Je rêvais déjà aux mille et une péripéties qui nous attendaient, mais j'étais bien loin d'imaginer ce qui allait arriver en cette fin de mois d'avril.

Le ciel était encore brumeux de rosée mais on voyait déjà le soleil timide à l'horizon. Ses pâles rayons perçaient et formaient un halo rougeâtre. Il ferait beau aujourd'hui. Voilà pourquoi mes maîtres étaient contents. Ils s'affairaient à préparer tout le nécessaire pour un long week-end. Car, oui, on allait partir ! J'étais aussi excité qu'eux car j'adore ce genre d'aventures. Enfin l'heure était arrivée. En ce week-end de début de printemps, signe de renouveau, la nature avait revêtu son manteau de verdure. Un tapis de mousse recouvrait le sol. J'aimais renifler ces odeurs nouvelles. Les arbres, dépouillés de leurs feuilles en automne, revivaient sous l'effet d'un soleil renaissant. Leur sève remontait. Les bourgeons naissants sur les branches embaumaient la forêt, et ondulaient dans la brise matinale. Et les nouvelles feuilles faisaient leur apparition et grandissaient de jour en jour. Le printemps est une saison que j'aime particulièrement.

Le soleil avait réchauffé les heures précoces et Rodolphe avait même installé le barbecue pour manger sur l'herbe tendre. Tex et moi avions droit à notre déjeuner particulier. On nous gâtait dans ces occasions exceptionnelles et nous étions ravis. Une courte sieste après le repas, à l'ombre des sapins et voilà qu'était décidée une grande balade dans la forêt. A l'entente du mot « balade », je redressai les oreilles. Je suis intelligent et je reconnais certains mots qui ont pour moi un certain impact provoquant une réaction vive et instantanée. Je fus le premier debout entraînant Tex avec moi. Nos colliers d'un rouge éclatant autour du cou, nos clochettes sonnaient déjà l'heure du départ. Tex et moi étions si fiers de marcher en premier ! Je courais après les papillons tandis que Tex découvrait cet endroit insolite qu'il voyait pour la première fois. Curieux de nature, il mettait sa truffe en action pour analyser chaque nouvelle odeur. Les premiers brins de muguet sortaient à peine de terre. On trouvait bien plus facilement les feuilles que les clochettes mais ça sentait déjà si bon.

On apercevait sur une longue distance, le chemin tout droit, montant en pente assez raide.

— Il faut monter jusque là-haut ? dit Tex en me regardant.

— Et encore, ce n'est que le début ! lui répondis-je.

Je comprenais cette inquiétude, de la part d'un chat des villes qui n'a pas l'habitude de faire de si longues balades. Il se retournait sans cesse comme pour me dire : « allez viens, on fait demi-tour. » Mais moi j'adorais ces longues vadrouilles en pleine nature.

Un peu plus loin, effrayé par le bruit de nos pas, un chevreuil déboucha de la gauche, traversa le chemin juste devant nous et s'enfuit dans les fougères en un instant. J'avais juste eu le temps de l'apercevoir. Il avait une robe d'un brun clair, le poil ras, les oreilles pointées en avant. Il avait franchi le sentier en deux seuls bonds sans même s'arrêter pour regarder la nature du danger. Puis d'autres silhouettes de chevreuils apparurent dans l'ombre, derrière les troncs au bord de la route. L'un d'eux tourna son fin museau et son œil noir vers moi, et s'enfuit tout aussi vite que les précédents. En quelques bonds gracieux, tous ces animaux avaient traversé, leurs sabots touchant à peine le sol.

On continuait de marcher. Le chemin dessinait un virage sur la droite puis redescendait et s'enfonçait dans les sapins. Au cœur de cette nature sauvage et insolite, je m'arrêtais souvent pour respirer cette odeur si particulière de l'épicéa encore humide de la nuit. Je jouais avec les pommes de pin, les faisant voler d'une patte à l'autre. Je m'amusais comme un fou et Tex me suivait. Tête levée vers les rayons d'un soleil invisible, je tendais l'oreille. Mon souffle disparaissait dans le silence de la forêt. Puis soudain, je repérai un oiseau sur une branche. Je m'approchai lentement, sans bruit. A moins d'un mètre de lui, je semblais goûter avec bonheur son joyeux gazouillement. Un miaulement si doux sortit de ma gorge, si mélodieux qu'il se confondait presque avec la douce mélodie de l'oiseau. Mais ce n'était que ruse car bien vite je bondis sur la branche pour attraper ma proie, qui dans la seconde, réussit à s'envoler, à mon grand désespoir, mais pour le plus grand bonheur de Floriane qui sourit en le voyant s'enfuir à tire d'ailes.

Après plusieurs heures de promenade, on revint tranquillement, épuisé mais heureux. Tex semblait plus pressé que moi de rentrer car il ne s'arrêtait même plus pour renifler. Une fois arrivé, il se coucha sur le côté et s'endormit aussitôt d'un profond sommeil. Il n'avait pas encore comme moi, l'habitude de parcourir des kilomètres en plein air. Le soir venu, après le dîner, je fis de nouveau une courte balade pour me détendre une dernière fois avant d'aller dormir. A ces heures tardives, je découvrais les insectes et autres papillons de nuit que je chassais avec un immense plaisir. La lune était juste voilée et j'apercevais quelques étoiles briller au-dessus de moi.

Dimanche matin. Nouvelle journée ensoleillée. J'étais ravi, car j'imaginais déjà une autre randonnée en forêt, en pleine nature. En effet, après le déjeuner, une nouvelle aventure commença. On emprunta une autre direction, tout aussi sauvage. Je marchais toujours le premier, avec Tex à mes côtés. Cette fois-ci, le chemin descendait puis longeait sur quelques mètres une jolie petite rivière qui serpentait à travers les arbres. Dans cet univers sombre et humide, des jeux de lumière éclairaient les mousses et les fougères. Je passai à proximité d'une baraque de chasse derrière laquelle je me pressai d'aller faire un tour car je sentais encore des odeurs de gibier, même si les chasseurs avaient tout débarrassé depuis longtemps puisque la chasse avait fermé le mois précédent. J'entendais les oiseaux chanter le bonheur du printemps renaissant, et leur mélodie me ravissait. Je les regardais s'envoler de branche en branche, en rêvant de pouvoir les attraper.

Ce massif forestier est un poumon vert connu pour la qualité de ses arbres et pour le mélange particulier de verts foncés des sapins et du vert tendre des hêtres au printemps qui se change en roux vif en automne.

Tex était attiré par les grands arbres, et surtout ces immenses sapins qui peuplaient la forêt et embaumaient les alentours. Il regardait souvent en l'air, la tête relevée, le cou tendu en avant et cela m'inquiétait. De mon côté, j'avais l'habitude de ces aiguilles qui, poussées par le vent, me tombaient parfois sur le nez. Intrigué, je surveillais Tex et j'avais bien raison. Arrivé à un embranchement, là où le chemin se séparait en trois, en un éclair, il recula et d'un bond, s'élança sur le tronc du sapin le plus proche qu'il escalada, toujours plus haut, poussé par une peur panique. Dimitri son maître, qui nous suivait, fut tellement surpris qu'il n'eut pas le temps de réagir sur le coup. Mais, oui, il venait de réaliser que Tex s'était bien sauvé. C'était le début de l'après-midi. Il fallait absolument trouver un moyen pour le faire descendre. Tout d'abord, Rodolphe et

Dimitri essayèrent de grimper à l'arbre. Mais les premières branches étaient inaccessibles et de toute façon bien trop fines pour supporter le poids d'un homme. Ils durent se contenter de l'appeler sans cesse. Pour ma part, j'avais posé mes deux pattes avant le plus haut possible sur le tronc et je miaulais de toutes mes forces. Je l'appelais. Je le suppliais de redescendre mais rien n'y faisait, la peur le faisait grimper encore plus haut.

Les heures passèrent. Bientôt le soir tomba et déjà la nuit avançait. Il nous fallut rentrer à regret car tous travaillaient le lendemain. Je me forçai à partir, en me retournant sans cesse avec le vif espoir qu'il reviendrait me rejoindre en voyant son maître s'en aller. Mais non, il resta là-haut. Le remord de ne rien avoir pu faire me serrait le cœur. Il faisait nuit maintenant depuis longtemps. On l'avait abandonné en pleine forêt. On reprit la voiture à contre cœur. Les quatre-vingt-dix kilomètres du retour me parurent une éternité. Personne ne parlait, le silence était oppressant. Il régnait une atmosphère pesante. Qu'allait-il devenir ? Allait-il rester perché toute la nuit ? Il entendrait des bruits étranges, verrait des sangliers qui eux le sentiraient sûrement. Il allait avoir froid et faim. Peut-être allait-il redescendre en pleine nuit ? Et se retrouver tout seul, perdu, affolé. Il ne retrouverait pas son chemin. On habitait beaucoup trop loin de là.

La nuit fut interminable, je dormis très mal. Je fis d'horribles cauchemars et je poussai des cris de terreur. J'imaginais le pire pour mon ami. Peut-être ne le reverrais-je jamais.

Lundi matin. Le temps avait bien changé. Il s'était mis à pleuvoir très fort, une pluie battante. Dimitri, qui avait malgré tout travaillé cette nuit-là, comme toutes les nuits, ne prit pas le temps de se reposer et dès l'aube, sous cette pluie battante, reprit sa voiture et retourna sur les lieux du drame. Il emprunta la route forestière interdite aux véhicules, mais peu lui importait, il devait arriver au plus vite. A son grand soulagement, il retrouva Tex perché au même endroit. Il avait juste changé de branche mais restait définitivement coincé là-haut, à plusieurs mètres du sol. Dimitri téléphona à Floriane et Rodolphe pour les rassurer. Ceux-ci promirent de venir le rejoindre après leur travail. Bien entendu, je fis partie des secours. Pour rien au monde je n'aurais pu abandonner mon plus fidèle ami.

Toute la journée, Dimitri était resté là, au pied de ce sapin immensément haut, trempé par ces averses incessantes. Tex aussi était trempé. Le matin, quand il avait aperçu Dimitri, il s'était redressé, et l'avait longuement regardé d'un œil si triste. Il avait miaulé très fort comme pour lui demander : « sors-moi de là, viens me chercher, fais-moi descendre ! » mais Dimitri, désespéré, était resté impuissant. Comme Tex n'avait rien mangé depuis la veille, Dimitri avait secoué son assiette remplie de ses croquettes préférées, mais Tex n'avait toujours pas voulu redescendre. Il était resté de longues minutes interminables à regarder sa gamelle.

Puis, il avait essayé de se redresser et d'avancer prudemment sur une autre branche légèrement plus basse.

A leur arrivée, Floriane, Rodolphe aidés de Dimitri tendirent sous le sapin, une grande couverture pour amortir une chute éventuelle.

— Vas-y ! Saute ! Ne crains rien ! On est là !

Mais Tex avait encore plus peur. Il fit plusieurs fois le tour de l'arbre sans jamais le lâcher. Je le regardais et miaulais en le suppliant de sauter. J'espérais qu'il glisserait mais il tenait bon. Pourtant, il était mort de fatigue et transi de froid. La faim commençait à se faire sentir. Ses poils ruisselaient de cette pluie fine et interminable. J'étais mort d'inquiétude pour lui. Rodolphe décida alors d'appeler les pompiers. Plusieurs fois par an, ils vont intervenir pour sauver des chats coincés dans les arbres. Mais là, il resta stupéfait par leur réponse.

— Oh, ne vous inquiétez pas, il finira bien par redescendre tout seul, quand il aura faim !

— Oui, mais monsieur, il a déjà passé une nuit entière là-haut, tout seul. Et en plus, on est à plus de quatre-vingt-dix kilomètres de chez nous. Il ne connaît pas cette forêt. Il ne pourra jamais retrouver son chemin jusqu'au domicile.

— Mais, si, ne vous en faites pas ! Et puis, ce n'est qu'un chat.... De toute façon, on ne se déplace pas pour un animal. Désolé, il faut attendre !
Et le pompier raccrocha.

Si je n'avais pas été à quatre pattes, je serais sûrement tombé sur mon arrière-train ! Comment peut-on réagir de cette façon ? Comment peut-on laisser un animal en détresse ? Bien sûr, ce n'est pas un humain, mais c'est un être vivant ! Faut-il avoir si peu de cœur ? Attendre, attendre, il était drôle ! Combien de temps encore ?

Dimitri décida alors d'appeler le vétérinaire le plus proche. Mais là aussi, la réponse fut négative. Il en appela un second mais obtint toujours la même réponse. Aucun ne voulait se déplacer pour « un fait aussi banal » avait même déclaré l'un d'eux !

Je m'inquiétais de plus en plus et Tex restait toujours là-haut. En dernier recours, Floriane, à bout de ressources, décida d'appeler l'Office Nationale des Forêts. Tout d'abord sans succès. Ce sauvetage n'était pas de leur domaine. Ils étaient habitués à entretenir des arbres ou à les couper mais pas à sauver des chats. Floriane insista énormément devant leur hésitation, puis elle éclata en sanglots profonds, leur faisant comprendre qu'ils étaient vraiment sa dernière chance, qu'elle tenait à son chat, même si ce n'est qu'un simple chat, et qu'elle l'aimait de tout son cœur ! Enfin après de très longues minutes de négociations, et devant son désarroi et sa détresse, le forestier finit par accepter.

Mais il y avait encore un énorme problème. La nuit était venue et ils ne pouvaient pas intervenir immédiatement. Il faudrait encore attendre jusqu'au lendemain. Je restai donc là, au pied de l'arbre, le plus tard possible. Je continuais de miauler de toutes mes forces pour le décider à redescendre. Et de nouveau, il fallut le quitter, le laisser là, abandonné à son propre sort. La nuit fut encore interminable.

Si loin de lui.

Je me posais encore et toujours les mêmes questions. Qu'allait-il devenir ? Il ne pourrait pas tenir beaucoup plus longtemps sans manger, sans dormir ! Le pauvre Tex n'avait que quatre ans. Je m'imaginais à sa place, tremblant de peur et de froid, entendant des bruits sourds, des craquements dans les fourrés, les feuilles qui remuaient, quelques sangliers curieux tournant tout autour, quelques renards intrigués, quelques chevreuils attirés par ses sanglots, et que sais-je encore....

Mardi matin. Déjà trois jours ! Floriane et Rodolphe avaient pris à leur tour une journée de congé. Dimitri avait repris le travail et n'avait pu venir les rejoindre, à son grand désespoir. Dès le lever du jour, je repartis en forêt avec eux. A notre arrivée, Tex était toujours là, il miaulait encore, mais d'un miaulement si faible ! Il avait dû miauler toute la nuit. On aurait même dit qu'il pleurait. Et je pense vraiment qu'il pleurait. Aux premières heures de la matinée, comme promis, les deux forestiers arrivèrent enfin sur les lieux. Tout d'abord, ils essayèrent une ruse, lançant une corde sur la branche afin de monter un seau rempli de croquettes fraîches. Lorsque le seau arriva à sa hauteur, Tex le renifla prudemment, avança lentement une patte à l'intérieur du seau mais resta sur ses gardes. Il recula. On aurait dit qu'il sentait le piège. Pourtant, ce n'était que pour son bien, on voulait vraiment le délivrer. Il fallut donc essayer autre chose.

La dernière chance.

Car il était à bout de forces. Un des deux forestiers s'équipa avec son harnais puis grimpa sur le sapin voisin. Il allongea sa perche télescopique devant lui et poussa Tex doucement. Celui-ci se mit à chavirer car, il était tellement exténué, qu'il ne tenait plus sur ses pattes. Dans un grand saut, le réflexe des pattes en écart comme un parachute, il tomba dans le vide et atterrit sur la végétation touffue. Floriane voulut le saisir mais dans un dernier élan, il se précipita vers le premier arbre venu. Heureusement trop épuisé et mort de fatigue, Tex n'avait plus la force de regrimper. Floriane plongea en avant pour se jeter sur lui et réussit cette fois à l'attraper. Elle le serra de toutes ses forces dans ses bras. Elle descendit très lentement dans le fossé et glissa même sur les ronces qui lui griffèrent les jambes et le haut du corps. Mais elle ne voulait surtout pas le lâcher ! Elle le couvrait de câlins et de bisous. J'étais très fier de retrouver mon ami félin, mon frère, sain et sauf. Je tournais et retournais en rond autour de lui. Je miaulais très fort pour le rassurer. Je ronronnais de plaisir. Tex était encore très apeuré. Il ne comprenait pas ce qui lui était arrivé. Il ne réalisait pas avoir passé trois jours et deux nuits perché là-haut dans un arbre. Il lui fallait reprendre ses esprits tranquillement. Son cœur battait si fort. On enferma Tex dans le coffre de la voiture pour qu'il retrouve tout son calme. Rodolphe remercia chaleureusement les forestiers qui avaient délivré leur cher animal, mon compagnon, mon fidèle ami. Je me retournai et vis alors mes maîtres pleurer de joie. Et moi j'avoue aussi que j'aurais bien versé une petite larme. Ce que je fis d'ailleurs ! La pression était retombée enfin.

Sur le chemin du retour, Floriane s'empressa de prévenir Dimitri qui nous attendait chez lui. Il ouvrit le coffre avec précaution et prit dans ses bras Tex qui, ayant définitivement retrouvé ses esprits, le reconnut. Il le couvrit de caresses. Tex retrouvait enfin son foyer doux et chaleureux. Il frottait sa truffe contre le visage de Dimitri avec un tel bonheur que c'était une joie de les voir réunis et heureux tous les deux de nouveau.

Voilà bien une aventure que je voudrais n'avoir jamais connue, que je voudrais pouvoir oublier, effacer de ma mémoire mais je sais pourtant qu'elle y restera gravée à tout jamais.

Et cela me rappelle une légende à propos de la chute des chats. Il y a très longtemps, un grand sorcier africain, respecté de tous pour avoir accompli de nombreux miracles, décida un jour de traverser le désert. Le soleil se couchait lentement derrière les dunes et le sorcier, épuisé, s'endormit sur le sable. Sorti de son trou, un serpent venimeux se glissa près du sorcier pour le mordre. Un chat sauvage, qui se promenait non loin de là, devinant les mauvaises intentions du serpent, prit un bâton et le frappa violemment avant de le tuer. Le pauvre sorcier, réveillé par le bruit, avait assisté à la fin du combat. Il caressa doucement le dos du chat et murmura : « Tu m'as sauvé la vie, et comme récompense, je te fais le serment que jamais dans toutes tes chutes, ton dos ne touchera le sol ».

Aussi, avez-vous remarqué que, d'où qu'il tombe, un chat atterrit toujours sur ses pattes ?

Chapitre 13

A LA MER

Cet été-là, la destination choisie avait été direction plein ouest, jusqu'au bout où la terre s'arrête et où commence l'immensité de l'océan.
L'excitation et la durée des préparatifs m'avaient fait suggérer un long trajet et un séjour aussi long que riche en événements et en émotions. Le jour du départ arrivait. Le camping-car chargé, l'heure approchait. Rodolphe s'était occupé de vérifier l'état du moteur, de faire le plein de gas-oil, du lave-glace et autres liquides nécessaires et indispensables, tandis que Floriane, chargée de l'intendance, avait préparé quelques provisions pour la route. Comme à chaque fois, je n'étais pas le dernier à me préparer. Je tournais en rond, vérifiant sans cesse si on n'avait rien oublié de mes affaires. Une fois la soute bien garnie de tous les bagages, sans oublier les vélos, Rodolphe s'installa au volant et régla les derniers petits détails. Floriane prit place sur le siège passager et je grimpai confortablement sur ses genoux, car elle ne conduisait que durant la seconde partie du trajet. On partait toujours le soir pour

rouler la nuit. Rodolphe était plus tranquille car il y avait moins de circulation sur la route pour parcourir les sept cents kilomètres qui nous séparaient de l'arrivée.

En effet, les heures passaient lentement, les kilomètres défilaient et le temps semblait s'être arrêté. Je finis par m'endormir, la queue serrée contre mes pattes, la truffe enfouie dans mon cou, bercé par la douce chaleur de ses genoux. Je sentais ses mains me caresser amoureusement le dos, passant et repassant sur ma fourrure épaisse, douce comme de la soie, de la tête à la queue. J'aimais ces moments de tendresse et je le lui faisais savoir en ronronnant doucement.

Aux trois quarts du parcours, une petite pause permit de me dégourdir les pattes sur le parking de la station d'essence où Rodolphe s'était arrêté pour faire le plein.

À quelques kilomètres de l'arrivée, quittant l'autoroute, Rodolphe réduisit sa vitesse, puis emprunta quelques routes secondaires. Je relevai la tête. L'aube se levait à peine. Le paysage avait changé. Ce n'étaient plus les petites maisons serrées les unes contre les autres de la région que j'avais quitté la veille au soir, mais de jolis pavillons fleuris égrenés tout le long du littoral. Je me redressai. Posant mes pattes sur le tableau de bord, je découvris au loin, une étendue qui m'intrigua. Je n'avais encore jamais vu cet étrange mouvement de vagues parsemées de belle écume blanche. Ma curiosité était à son maximum.

On traversa d'abord la dernière grande ville, longeant le port, ou plutôt, les ports que je devais découvrir les jours suivants. Enfin, on arriva chez nous. Vite, je sautai à l'extérieur pour me dégourdir les pattes, et je me retrouvai dans un jardin immense, plein d'arbres fruitiers, de fleurs odoriférantes. Dans un petit étang vivaient quelques poissons rouges, partageant ce lieu avec des grenouilles bruyantes. Je pensai alors que je pourrais m'en occuper un peu plus tard ! L'installation dans cette nouvelle demeure me parut presque naturelle tellement mes maîtres en avaient parlé souvent avant notre départ. J'avais déjà l'impression de la connaître, et je décidai donc, aussitôt après avoir mangé, de me coucher sur le doux coussin qui m'était réservé. Cette première nuit dans cette nouvelle région fut paisible.

Le lendemain, de bonne heure, on partit en balade. Je n'attendais que ça ! Mon collier rouge et mon harnais bien serré autour de mon poitrail, je descendis une petite route, puis quelques escaliers pour arriver le long du littoral. Les yeux ébahis, je découvris une immensité de sable. Une litière de plage de cinq kilomètres de long pour moi tout seul ! Le rêve de tous les chats ! Mais je suis un chat bien éduqué, je sais rester propre, et je ne fis que renifler.

Juin comptait la fin de ses jours. Le soleil timide, ne perçait pas encore franchement les nuages. La foule des touristes n'avait pas encore envahi les lieux. Seuls quelques braves courageux se promenaient avec leurs enfants. Et soudain, je devins la vedette. Il faut dire que je prenais un grand plaisir à courir sur le sable, à jouer avec ma balle de couleur préférée, à creuser des trous, à fouiller pour trouver des morceaux de coquillages. Les gens étaient tout étonnés de voir un chat en liberté, courir et obéir comme un chien. Floriane me lançait ma balle très loin en avant, je détalais alors comme une fusée. Je la récupérais dans ma gueule et la ramenais à Floriane, tout comme le ferait n'importe quel chien. Mais pour moi, c'était un jeu qui me comblait de joie. Et je recommençais sans cesse.

      Au bout d'un certain temps, lassé d'être sur le sable, je me dirigeai vers la mer. Je m'aventurai lentement, reniflant cette eau salée au goût étrange qui me rentrait dans le museau et me faisait éternuer. Je secouai vivement la tête mais je m'habituai très vite et je pris goût à marcher dans l'eau. Trottiner sur mes pattes me faisait le plus grand bien. Je devenais à cet instant un célèbre cheval de course, un de ces pur-sang qui gagne les grandes courses hippiques, *Ourasi, Général O'Malley* ou *Belle-de-Joun* qui venaient ici pour s'entraîner et se fortifier les jambes. Le va-et-vient des vagues, le sel, l'iode étaient autant de facteurs qui m'apportaient un bienfait corporel. Marcher dans l'eau selon la force des vagues me faisait comme une thalassothérapie. Ce footing improvisé me produisait une détente musculaire et me conservait un moral d'enfer.

      Puis je jouai avec le flux et le reflux des vagues pour me faire submerger l'instant d'après. Je ne comprenais pas pourquoi la mer reculait pour mieux revenir aussitôt recouvrir l'endroit qu'elle venait de délaisser. Et peu à peu je devais aller chercher encore plus loin cette vague qui refusait de remonter vers moi. Une force invisible l'attirait au large et je voyais la mer disparaître à l'horizon. Ce n'était que l'effet de la marée descendante, mais je ne le savais pas. Alors je revins sur mes pas. Le sable avait changé de consistance, plus compact, plus solide et bien plus humide. Mes pas laissaient des traces derrière moi, dessinant de jolis motifs. Puis je m'aventurai dans quelques rochers. Dans les excavations inondées, je découvris un étrange animal minuscule. Une carapace toute ronde, d'un orange foncé avec des pinces de chaque côté. Intrigué, je penchai ma tête au-dessus et je plongeai ma patte pour essayer de l'attraper mais sentant le danger s'approcher, le crabe s'enfonça soudain et disparut dans le sable me laissant sur ma faim.

Le jour suivant, une surprise encore bien plus grande m'attendait. Peter, un ami de la famille de longue date, possédait un bateau. Fils et petit-fils de marin, il avait toujours vécu sur l'eau. Engagé tout jeune dans la marine marchande, puis capitaine de vaisseau, il avait parcouru plusieurs fois le tour de la terre, ou plutôt devrais-je dire, le tour des océans. Puis, il avait changé de voie, d'abord matelot sur un chalutier et au fil des ans, il était devenu son propre patron. Il avait saisi une opportunité intéressante, un marin patron-pêcheur partait à la retraite. L'occasion était trop belle pour la laisser passer. Fier à la barre de son trois chaluts, il avait fini sa carrière au large des côtes, partant à la pêche hauturière et ramenant des tonnes de poissons de ses campagnes de pêche. Le teint buriné par les ans, la casquette toujours vissée sur la tête, il était maintenant lui-même à la retraite et pour son plaisir, il avait réussi à s'acheter avec ses économies un petit bateau. Oh, pas un grand voilier, non, juste un pêche-promenade suffisant pour rapporter quelques poissons pour sa famille et ses amis.

Ma curiosité l'emportait. Je voulais savoir comment allait se dérouler cette nouvelle journée. Peter avait bien regardé les horaires des marées - qu'il connaissait par cœur d'ailleurs - pour déterminer à quelle heure on devrait lever l'ancre. Ce qui se fit dès le début de la matinée, vers sept heures du matin. Je suivis Floriane avec excitation tout le long du port de plaisance, admirant les centaines de magnifiques voiliers alignés les uns à côté des autres. Je lui passai et repassai entre les jambes et enfin je grimpai sur la passerelle. Enjamber le plat-bord n'est pas toujours chose facile pour un humain, alors imaginez pour un chat ! Je suis courageux, un risque-tout, mais je connais mes limites. J'évaluai la distance et je le jugeai bien trop haut et dangereux pour moi. Je me retournai vers Floriane qui me prit alors dans ses bras, franchit le pont bâbord et me déposa à terre, enfin, je veux dire : à bord. A peine les pattes au sol, j'inspectai le moindre recoin de ce nouvel endroit. Je n'eus aucun mal à découvrir, caché sous une marche, un seau rempli d'un précieux trésor, des dizaines de têtes de poisson. Je ne savais pas encore à quoi tout ceci pouvait servir mais je plongeai la tête à l'intérieur. Mon élan fut très vite interrompu par un cri perçant. Je fus soulevé en l'air et expédié à l'autre bout du bateau mais sans aucun mal. C'est à ce moment que le moteur se mit à vrombir. Un bruit sourd résonna dans la cale. Ma curiosité encore à vif, je posai mes pattes sur le rebord et je regardai loin derrière. Le rivage s'éloignait. Les maisons rétrécissaient à vue d'œil, pour bientôt finir par disparaître. La plage n'était plus qu'un trait à l'horizon. Je me tournai alors vers tribord pour regarder au large. La mer était calme. Les vagues sonnaient leur léger clapotis sur la proue du bateau. L'écume venait mourir et moi, je recevais avec bonheur les embruns salés sur ma truffe. Les trois passagers s'affairaient avec leurs lignes, enfilaient les appâts et les jetaient à la mer. Ils avaient organisé un concours dont le vainqueur serait celui qui pêcherait le premier poisson. Il fallait les voir s'exciter sur leur ligne, se pencher à l'extérieur du bateau et scruter les profondeurs. Soudain, l'un d'eux s'écria : « ça y est, j'en ai un, et un gros ! » En fait, ce n'était qu'un simple petit maquereau d'un bleu luisant, frétillant, l'œil bien vif qui fut jeté dans un seau. Et très vite, les suivants vinrent le rejoindre et le seau se remplit. Je pensai que mon prochain repas allait être copieux. J'adorais cette odeur d'iode et de poisson frais. Je ne pouvais plus attendre. La matinée avançait et l'heure du déjeuner approchait. Les seaux maintenant regorgeaient de poissons.

Peu à peu, le bateau approcha d'une île qui semblait déserte. On accosta dans une petite crique de sable fin. Tout le monde sauta à terre. J'évaluai la distance. Je pris mon élan pour en faire autant et d'un bond bien calculé, je me retrouvai sur le sable. Je partis aussitôt à la découverte des lieux, reniflant comme à mon habitude les moindres trous, les moindres pierres. Je partis donc explorer avec précision ce nouveau domaine, dans tous les sens. Ce petit caillou posé sur la mer semblait minuscule, une île à peine dessinée sur les cartes. Mais pour moi, elle me paraissait immense et c'est en cela que l'aventure m'intéressait. Je longeai tout d'abord un petit sentier où deux murets de pierre se faisaient face. D'un côté, des champs boisés, de l'autre des herbages entourés de murets et de haies, véritables brise-vent. Plus au nord, le paysage devenait sauvage. Dans la dune, le chiendent et l'oyat retenaient le sable. Ces plantes sont adaptées au vent qui souffle fort dans la région et à la sécheresse. La cueillette du chardon bleu ou du rosier pimprenelle est bien sûr interdite car ces plantes sont protégées mais cela ne m'empêchait pas de les renifler avec bonheur. Plus j'avançais, plus je découvrais un secteur rocheux où les sols maigres et acides étaient exposés aux embruns salés. Mon plaisir fut de pourchasser les insectes nichés dans cette lande recouverte d'ajonc. J'aperçus de loin sur les hauteurs, les ruines d'un château, dernier fort avec ses fossés creusés dans le granit, provenant de ces carrières aujourd'hui inexploitées. Plus loin, j'arrivai au point culminant de l'île d'où j'observai la grève qui, à chaque instant, changeait de formes et de couleurs avec la marée, me laissant un souvenir inoubliable de paysage fantastique, de nature solitaire et grandiose. C'était un spectacle exceptionnel qui se présentait à moi. C'était le domaine des oiseaux, des centaines, peut-être des milliers d'oiseaux marins nicheurs qui se partageaient l'espace. Je rêvais d'en attraper un, juste un seul pour mon déjeuner car cette balade en bateau m'avait ouvert grand l'appétit. Déçu par cette chasse qui avait fini avant même d'avoir commencé, je redescendis le long de la grève que le temps avait sculpté, belle, presque immense à proportion des autres criques, avec des entailles dans la pierre de granit et une jolie dentelle de sable et de roche. Les pattes dans l'eau, je me mis à débusquer des petits mollusques dans cette eau d'un bleu si transparent en cette journée de plein soleil.

    Je m'éloignais un peu quand je reconnus un bruit familier. Floriane avait installé une grande nappe à carreaux rouges sur laquelle elle avait déposé les assiettes. Elle avait apporté un pique-nique bien garni, un vrai repas de fêtes. De la charcuterie, des crudités, des fromages et des fruits. Et bien sûr, les hommes faisaient frire le poisson tout fraîchement pêché après l'avoir nettoyé bien soigneusement. Et pour moi, elle m'avait réservé mon menu préféré, des petits pois carottes, et un maquereau en petits morceaux, puis du fromage blanc. J'eus même droit à une mini tranche de quatre-quarts que Floriane confectionnait avec amour. À journée exceptionnelle, menu exceptionnel car le vétérinaire avait bien prévenu de surveiller mon poids.

Je suis trop gourmand et j'ai tendance à manger plus que je ne devrais.

L'après-midi nous donna l'occasion d'une longue balade à travers la grève, à la recherche de coques dont la pêche venait d'être ouverte. Le temps était passé si vite que ce fut bientôt l'heure du retour avec la marée. Le vent s'était levé d'un coup. La vague chahutait la coque avec violence. Le bateau tanguait et me balançait d'un côté à l'autre de l'embarcation. Après un tel déjeuner, je sentais mon estomac se retourner dans tous les sens. Le vent avait forci, le ciel s'était assombri. Un méchant grain se préparait. Je regardais l'horizon disparaître de l'océan puis resurgir en haut d'une autre vague. Une violente averse s'abattit sur nous. J'étais trempé de la tête à la queue. Je continuais de glisser d'un bord à l'autre. Le retour fut interminable, bien plus long qu'à l'aller. Heureusement, Peter était un excellent marin, et nous ramena tous à bon port car je n'avais qu'une hâte, celle de rejoindre la terre ferme au plus vite.

*

Comme tous les chats, je préfère les sorties nocturnes. Floriane et Rodolphe le savent bien. Alors, ce soir-là, je descendis avec eux sur le port. La marée remontait doucement et déjà au loin, on apercevait toutes les lumières des premiers bateaux de pêche qui rentraient. Des dizaines de mouettes et goélands les survolaient de près, à grands battements d'ailes, poussant des cris perçants. Adossé à des chaluts disposés en tas le long du quai, j'aimais regarder le ballet de ces navires qui reviennent de la marée ou d'autres qui manœuvrent pour rejoindre le large pour une nouvelle campagne de pêche. Je m'approchai lentement sur le ponton car, grâce à mon flair infaillible, j'avais senti de loin la bonne odeur familière du poisson frais. Je m'approchai encore. Des gens discutaient entre eux, des pêcheurs mais plus souvent des touristes curieux. Ils semblaient très occupés et ne prêtaient même pas attention à moi. Ils attendaient le retour de la pêche. Déjà les premiers bateaux à fond plat accostaient, puis les caseyeurs suivis des chalutiers un peu plus gros au fur et à mesure que le port se remplissait avec la marée. Ils portaient souvent le nom de leur propriétaire. Certains avaient un son plus aventurier « Cap au large » ou « L'horizon » ou encore « Brise d'Armor ». Mais un chalutier me plut tout particulièrement avec sa coque d'un rouge profond rayé de deux fines bandes blanches. Il s'appelait « Cap'tain Kansas » J'étais très fier. Je m'imaginais déjà capitaine sur le pont d'un grand voilier de course, partant pour de nouvelles aventures au milieu des océans ou faire un tour du monde sans escales comme les plus grands navigateurs.

      Les pêcheurs déchargeaient leur marchandise, grâce aux grues rouges installées sur les pontons. Des tonnes de poissons, de coquillages et de crustacés, prêts à être vendus dans les plus proches poissonneries, restaurants, ou autres supermarchés de la région ou même jusque dans la capitale. Les marins avaient l'habitude de rejeter à la mer des restes de poissons ou des morceaux impropres à la vente. Ceux-ci faisaient le bonheur des goélands et autres mouettes. Mais ce soir-là, j'étais là au bon endroit, à la bonne heure. Et par chance quelques minuscules portions de poisson se trouvèrent projetées sur le ponton, juste là où je me trouvais, ce qui ne manqua pas de faire mon régal. J'aimais cette effervescence du soir. Ces moments-là, c'est la nuit que je les préfère. Car les horaires de marée changent tous les jours et donc parfois les marins-pêcheurs rentrent en pleine journée. Mais n'oubliez pas que je suis un chat et que je préfère la nuit au jour. En plus, toutes ces lumières qui scintillent à l'horizon, donnent une certaine ambiance plus mystérieuse à la situation.

Sur le chemin du retour, je pris la route qui conduisait au phare. Une route construite par l'homme quelques années auparavant. Elle avait été creusée dans la roche pour permettre de rejoindre le phare plus rapidement. Tout le long, un muret d'un mètre de hauteur environ servait de protection contre le vide de la falaise abrupte juste derrière, recouverte de genêts odorants et d'un jaune vif. Je grimpai sur le muret et je commençai à remonter la route tout en surplombant la mer sur la gauche. La queue bien dressée à la verticale, j'avançais prudemment le long de ce petit promontoire. De nouveau, je devins la vedette d'un soir. Les véhicules ralentissaient et leurs occupants curieux de me voir déambuler ainsi, me dévisageaient en souriant.

Quelques jours plus tard, une longue balade sur le sentier du littoral me conduisit à une ruine, nommée la cabane Vauban. Je grimpai le long d'un sentier appelé chemin des douaniers, bordé de prunelliers et de fougères, mis en place par l'administration des douanes en 1791 afin d'assurer la surveillance des côtes. Je longeai les falaises abruptes couvertes de genêts et d'ajoncs. Au pied des anses rocheuses, paradis des pêcheurs de crevettes et de coquillages divers, je sautai par-dessus quelques ruisseaux cascadeurs. Parfois je croisais quelques petits rongeurs vivant dans les fourrés. Je pourchassais des oiseaux qui nichaient en grand nombre dans cet endroit, mais sans aucun succès. J'avançai lentement sur ce sentier jalonné de nombreux abris de corps de garde. Ces cabanes servaient de refuge contre les intempéries et pour le repos mais constituaient aussi des postes d'observation bien dissimulés. La surveillance permettait d'assurer la protection du territoire et de défendre les côtes. Et de signaler les événements en mer, sauvetages ou échouements. Alors en approchant de la cabane, j'imaginai être un corsaire célèbre arrivant du large, ou un contrebandier. Et je rêvai d'aventures.

La semaine suivante, Floriane et Rodolphe m'avaient encore une fois réservé une bonne surprise. De bonne heure le matin, ils s'étaient préparés. Ils avaient chargé leur sac à dos de différents outils, petits marteaux et autres couteaux. Ils avaient chaussé leurs bottes de caoutchouc. Bien entendu, comme à l'habitude, je faisais partie de l'expédition. Pour rien au monde je n'aurais voulu manquer une chose nouvelle.

C'était marée basse.

Je partis explorer les rochers, à leurs côtés, posant ma truffe dans les moindres petits trous, explorant les moindres cavités, fouillant les moindres renfoncements. J'allais découvrir alors un nouveau trésor.

Floriane et Rodolphe étaient partis à la pêche aux moules accrochées aux rochers. Ils les détachaient délicatement mais fermement en frappant avec précision afin de ne pas abîmer les coquillages. Et je voyais leur seau se remplir à vue d'œil. Floriane prit le temps de m'en ouvrir quelques-unes que je m'empressai de dévorer. Un vrai régal, pour mon plus grand bonheur ! Je suivis Floriane de très près en espérant voir tomber de ses mains ce nouveau et précieux trésor. Parfois à la limite de l'équilibre, je glissai et me retrouvai dans cette excavation, les pattes recouvertes d'eau salée. Mon attention fut soudain attirée par de minuscules alevins frétillant en tous sens mais comme je n'avais aucune chance de pouvoir les attraper, je remontai alors au sec. De retour à la maison, pas de croquettes au menu ce soir-là, mais un repas uniquement constitué de moules que Floriane me prépara pour mon plus grand plaisir.

Chapitre 14

WHISKY

Je me souviendrai encore longtemps d'une autre expédition, insolite. En effet lors d'un long week-end férié de quatre jours, Floriane et Rodolphe avaient décidé d'aller rendre visite à leurs amis de longue date, Jenny et Norton. Ils vivaient en Angleterre dans un petit village en pleine campagne. Bien sûr, je fis partie du voyage.

Une fois les préparatifs terminés, nous partîmes en direction de Calais. Après plus de quatre-cent-soixante kilomètres de route, le port était là, tout proche. Je regardai avec intérêt et étonnement ces énormes portiques gris numérotés, les infrastructures modernes de tout ce trafic intense pour rejoindre l'Angleterre, ce nouveau pays que je ne connaissais pas encore.

Un énorme ferry de la compagnie Seafrance attendait ses passagers. Notre bateau le « Rodin » était amarré au quai en eaux profondes, à côté d'un autre du nom de « Cézanne ».

J'avais souvent l'habitude de voir des bateaux de pêche lors de mes escapades en Normandie, mais celui-ci était vraiment énorme ! En effet, j'entendis Floriane expliquer qu'il mesurait plus de cent-quatre-vingts mètres de long et vingt-huit mètres de large. Il pouvait accueillir mille huit cents passagers et possédait deux niveaux de ponts pouvant recevoir sept-cents véhicules.

À faible allure, Rodolphe s'approcha de la rampe d'accès. Il fallut suivre la file réservée aux camping-cars, qui s'allongeait considérablement au fil des minutes. Une fois à l'intérieur, tous les véhicules furent solidement amarrés à l'aide de larges sangles.

Pour mon transport, Floriane avait acheté spécialement un sac à dos doté d'un cadre en fil d'acier solide pour assurer la stabilité. Trois des côtés disposaient d'un filet pour garantir la ventilation et la respirabilité, ce qui me permettaient de profiter du paysage extérieur. Sur la fine planche de bois, elle avait eu la bonne idée de poser un petit matelas recouvert d'une de mes couvertures préférées, ainsi je me sentais parfaitement à l'aise. Je pouvais une nouvelle fois découvrir le monde sans me fatiguer.

Floriane et Rodolphe remontèrent vers un des ponts supérieurs et s'installèrent à tribord. Le jour commençait à poindre. Un banc de brume enveloppait la côte, faiblement éclairée par les premières lueurs de l'aube.

J'entendis les moteurs ronfler plus fort et le bateau effectua une manœuvre pour se dégager du quai.

Je me mis à miauler. Floriane me sortit du sac en prenant soin de bien attacher mon harnais solidement. Je pus enfin me dégourdir les pattes et respirer l'air vivifiant. Comme mes maîtres, j'adorais sentir le vent souffler entre mes oreilles. Floriane me prit dans ses bras et de cette hauteur – qui pour moi représente six ou sept fois ma propre hauteur – je pus contempler par-dessus bord l'écume des vagues qui venait heurter le bateau. En quelques instants, la côte se fit minuscule, mais en regardant devant je voyais déjà distinctement les falaises blanches de ce territoire anglais. La traversée dura à peine plus d'une heure et le débarquement se fit naturellement dans le sens inverse.

Une fois sorti du port de Douvres, Rodolphe suivit le flot de véhicules et dût prendre très vite cette habitude de rouler à gauche. Encore un peu d'hésitation. Par réflexe, il prit le premier rond-point à l'envers et se retrouva à contre-sens. Un bruyant coup de klaxon. Un coup de volant précis et l'accident fut évité de justesse. Rodolphe s'excusa en levant les deux mains. L'automobiliste reconnut aussitôt notre plaque d'immatriculation de France. Il leva les bras à son tour, et avec un large sourire, nous fit comprendre qu'il nous excusait.

Ouf ! Le voyage commençait très fort ! Floriane avait suivi les indications du GPS et malgré tout, elle dût demander, dans un accent presque « british », la bonne direction à un piéton.

À chaque nouveau rond-point, Floriane précisait :

— Attention, prends-le bien à gauche !

Après encore quelques frayeurs, on arriva à la bonne adresse. Rodolphe ne rencontra aucune difficulté à se garer sur l'immense parking devant la propriété située à quelques kilomètres de la ville. Une magnifique demeure, un joli cottage fleuri construit au 19ème siècle. Jenny et Norton nous attendaient. Les deux couples ne s'étaient vus qu'en visio sur leurs ordinateurs respectifs mais là, ils se découvraient pour la première fois « en vrai ».

Grandes embrassades entre les femmes et une chaleureuse poignée de mains pour les hommes. J'avais de nouveau été installé dans mon sac de transport par sécurité. Très vite, Floriane me présenta à nos hôtes qui les invitèrent à entrer. Pour ma part, je fus libéré dans le jardin. Et là, je remarquai aussitôt une silhouette qui ne m'était pas inconnue. En effet, sur cette pelouse d'un vert immaculé, se prélassait un magnifique persan blanc. Le temps, si souvent gris et brouillassant, était pour une fois bien ensoleillé, comme pour me souhaiter la bienvenue. Je m'approchai lentement, silencieusement, mais malgré toutes mes précautions, le jeune félin me repéra. Il se leva d'un bond et se dirigea vers moi. J'étais sur mes gardes. Je m'attendais à une possible attaque. Mais à mon grand étonnement, il se mit à miauler d'une façon étrange. Whisky, car c'était son nom, joli nom d'ailleurs pour un chat anglais, me regarda fixement. De nouveau, il se mit à miauler. Je pensai qu'il miaulait en anglais mais je compris parfaitement ce qu'il voulait me dire. Preuve que le langage des chats est universel. J'en fus soulagé. Whisky, après avoir fait le tour de ma personne, m'entraîna tout autour de la propriété. Je le suivis avec la plus grande confiance. Et me voilà parti dans un concert de « miaou » et de « miwaouh » avec l'accent tout de même, avec mon nouvel ami anglo-saxon. Pendant que les humains s'occupaient de choses diverses, je passai la journée à batifoler à travers la pelouse si bien taillée à ras.

J'eus l'autorisation pour la nuit, de dormir dans la chambre de mes maîtres car Jenny permettait à Whisky de se reposer dans la leur.

Je fus réveillé au matin par le chant d'un coq. Pas celui de Jenny mais celui de la ferme un peu plus loin. Le fermier possédait un élevage de plusieurs centaines de volailles qui se promenaient en semi-liberté. Cela me rappela une certaine aventure avec mon frère Tex….. mais j'étais en pays étranger et je préférai ne prendre aucun risque.

Un peu plus tard, Jenny et Norton proposèrent de visiter la région. Evidemment, Floriane ne voulut pas me laisser et, une fois confortablement installé dans le sac à dos, je fus prêt pour partir à la conquête de la ville dans la voiture de Jenny, une Vauxhall Astra grise, un modèle que je ne connaissais pas, puisque réservé aux Royaume Uni. Nous avons traversé Douvres, sans aucun intérêt pour moi. Puis nous avons longé la côte, cela devint bien plus intéressant. Floriane me lâcha sur la plage où je pus marcher, trottiner, courir, me défouler – vous me comprenez – sur des kilomètres de sable. Mais quoi qu'on en dise, cela ne vaut pas la Normandie !!! Enfin….

Une consolation, je gravis les nombreuses marches - cent-soixante-dix comptées par Floriane - du phare de Dungeness, ville austère dans le comté du Kent qui fut un lieu essentiel de l'opération PLUTO (Pipe Lines Under The Ocean) afin d'acheminer tout le carburant nécessaire grâce à des pipelines pour les troupes alliées sur le continent européen sous le nom de code Dumbo. Ce fut une des plus grandes prouesses techniques de la deuxième guerre mondiale. Une des stations de pompage avait été conçue pour ressembler à une petite maison, elle est aujourd'hui transformée en chambres d'hôtes.

Puis nous avons emprunté le petit train touristique à vapeur inauguré en 1927, fermé pendant la deuxième guerre et réouvert en 1947. Il relie Hythe à Romney sur quelques kilomètres à petite vitesse et nous laisse le temps d'admirer le paysage. La journée s'étirait et après un « fish and chips », il me tardait de retrouver mon nouvel ami.

Le lendemain, nous sommes partis en direction de Folkstone. Après encore un grand tour sur la plage, je fus attaqué par quelques goélands agressifs à la recherche de restes de nourriture laissés par les touristes. Je dus m'échapper et me réfugier entre les jambes de Floriane. Je continuais de longer la digue, la mer sur la gauche, les falaises blanches sur la droite, quand j'entendis un grondement sourd qui m'effraya. Je fis comprendre à Floriane que je voulais me remettre à couvert dans mon sac.

— Ne t'inquiète pas, me rassura Jenny, ce n'est que le train Eurostar sous nos pieds. On se trouve juste au-dessus du tunnel sous la Manche. Il m'arrive parfois de le prendre pour venir faire un peu de shopping chez vous en France.

On revint tranquillement par la butte formée avec la terre ayant servi à creuser ce tunnel. Après un dernier petit tour en ville, et un passage par le marché local, on rejoignit le joli manoir de nos hôtes. Je retrouvai avec bonheur Whisky à qui je fis mes adieux pendant que les quatre adultes buvaient un dernier café.

Nous reprîmes la route pour rejoindre le ferry.

La traversée du retour dura bien plus longtemps que prévu. En effet à mi-parcours, en plein milieu des flots, le ferry s'immobilisa soudain. Je me retournai vers l'arrière. Je pouvais encore apercevoir les falaises de craies blanches de Douvres que j'avais escaladées l'après-midi même. Il est dit qu'à cet endroit précis, le Chanel est le plus étroit et qu'il serait même possible de toucher les deux côtés en écartant les bras. Mais je peux vous dire lorsqu'on est coincé en pleine mer, ce détroit parait immense. Et la nuit était déjà tombée. De l'autre côté, face à moi, les côtes françaises où les milliers de lumières scintillantes de la ville avaient cessé de se rapprocher. Les minutes passaient, ou plutôt ne passaient pas, de très longues minutes, presque une heure déjà. Qu'était-il arrivé ? Une avarie ?

Une panne de moteur ? Une collision avec un objet flottant ? Impossible, je l'aurais entendu, car vous savez bien que j'ai l'ouïe particulièrement fine. Le capitaine s'était-il endormi à son poste de commandement ? Avait-il eu un malaise ? Non, je n'en croyais rien. Je ne suis pas un chat d'un naturel peureux mais là, je commençai sérieusement à m'angoisser. Je grimpai vivement sur le pont supérieur. Je me mis à miauler, le cou tendu vers le ciel étoilé comme un chien hurle à la mort, m'adressant au ciel de nous venir en aide. Puis enfin, après ce temps interminable, j'entendis à nouveau le rassurant ronronnement du moteur. Le ferry s'ébranla et reprit sa route. Quelques minutes plus tard, le bateau rejoignait enfin le port français et accostait. À l'approche du quai, me faufilant entre les jambes des passagers, je fus le premier à débarquer et à rejoindre la terre ferme pour me retrouver enfin sur un terrain solide. Je venais de passer la nuit la plus longue de mon existence.

Chapitre 15

BÊTISES, ESPIÈGLERIES ET AUTRES MALADRESSES

Je vais bientôt avoir douze ans et depuis tout petit, aussi loin que je me souvienne, j'ai toujours eu l'esprit joueur. Encore maintenant, j'aime jouer. Je garde mon âme de jeune chaton intrépide et espiègle.

Ce jour-là, un dimanche si ma mémoire est bonne, nous étions en pleine forêt. Il avait beaucoup plu la semaine précédente, bien trop à mon goût. Mais ce jour-là, le temps était sec, même si le ciel était encore bien gris et les nuages bien menaçants. On était partis en balade pour mon plus grand plaisir. J'adorais ces escapades vertes en pleine nature. Je me plaisais à renifler l'herbe mouillée. La fougère humide dégoulinait de perles argentées. Les branches pleuraient encore leurs larmes transparentes. Je m'enfonçai entre les arbres à la recherche de quelques trésors cachés. Je découvris quelques insectes volants que je poursuivis en sautant, ou quelques araignées qui firent mon régal. Un peu plus loin sur le chemin, je vis comme un morceau de branche d'un rouge foncé, mais d'une consistance molle. Devant cette chose inconnue, je préférai d'abord palper du bout des pattes puis caresser, griffer en récoltant une multitude d'informations. Ensuite je flairai cet objet de ma curiosité puis j'y collai mon nez. Et cela m'intriguait encore plus car ce morceau se déplaçait. Ce que je croyais être un bout de bois, avait une tête munie de quatre tentacules dont deux ont des yeux et les deux autres constituent des organes tactiles et olfactifs, captent les odeurs et sont sensibles au goût. Il avançait lentement, laissant derrière lui une trace particulièrement visqueuse, gluante sur la terre encore humide, sécrétion indispensable à sa progression au sol sous forme d'un film aux reflets irisés. Toujours aussi curieux, je m'approchai. Quelle était donc cette étrange créature que je n'avais encore jamais vue ? Vous avez déjà deviné ? Une limace, une vulgaire limace de huit centimètres de long environ. Je penchai ma tête juste au-dessus. J'essayai d'un mouvement souple de la patte de la faire bouger, de la retourner mais elle se contractait de plus belle. Ma truffe était maintenant à quelques centimètres. Je pouvais sentir son odeur terreuse. Je pensai que cela pouvait être d'un goût savoureux et je décidai donc de la goûter. Je la pris délicatement dans ma gueule. Mais quelle ne fut pas ma surprise quand je l'eus entre les dents ! Cette bestiole que j'avais tuée en la croquant, me restait collée au palais. J'avais beau essayer de la détacher avec ma langue pourtant bien râpeuse, elle se ramollissait et engluait ma bouche.

Malgré de nombreux efforts, il m'était impossible de m'en débarrasser. Je n'ai jamais mangé de chewing-gum mais vous qui l'avez fait, vous devriez comprendre : cela faisait comme un mélange de cette pâte à mâcher avec un Marshmallow pas frais, mais vraiment pas frais ! Désespéré, je me couchai à plat ventre. Les pattes de chaque côté de la gueule, je poussai de petits cris plaintifs car je venais de comprendre mon erreur. Je continuai de mâchonner sans aucun succès. Le mollusque pendait toujours mollement. Me voyant secouer la tête et gémir, Floriane se rendit compte bien vite que quelque chose ne tournait pas rond. Elle avança vers moi et là, (Oh stupeur !), elle vit cette limace entre mes dents. Poussant un cri de dégoût, elle me releva la tête, sortit son mouchoir de sa poche et essaya de dégager l'intrus de sa prison. Il lui fallut s'y prendre à nombreuses reprises pour me nettoyer. Enfilant ses doigts dans ma gorge pour retirer les morceaux, elle rinça à grande eau. Recommença sans cesse. Au bout d'un certain temps je finis par être propre. Mais le goût persista encore longtemps. Je réfléchis et conclus que plus jamais je ne recommencerais une telle bêtise. Je préfère de loin les araignées parfois velues, parfois filandreuses mais toujours délicieuses, et qui resteront ma préférence. Pour mon bonheur, elles sont encore nombreuses en forêt. Cette petite aventure terminée, je repris ma balade dans les bois à travers la nature.

*

Vous connaissez tous maintenant mon ami Tex, qui, au fil du temps est devenu bien plus qu'un ami, un frère pour moi. Je suis toujours le plus heureux des chats quand je peux passer un bon moment avec lui.

Ce week-end-là, j'étais allé le rejoindre avec Floriane et Rodolphe. La journée avait débuté sous quelques nuages, mais rien de bien menaçant, juste quelques filets blancs qui s'étiraient dans le ciel. Dès le début de l'après-midi, le soleil s'était montré plus généreux et il avait été décidé de sortir faire une grande balade en forêt. Le fils de Dimitri, Kevin, un gentil petit garçon de cinq ans, nous accompagnait avec son beau vélo rouge tout neuf que le Père Noël lui avait apporté. Je trottinais avec Tex devant toute la petite famille. Parfois derrière eux ou à leur côté, la queue bien dressée à la verticale, terminée en point d'interrogation, signe que j'étais en confiance totale.

Tout était calme en ce dimanche, et l'aventure commençait à travers le village silencieux. À la sortie, j'empruntai un sentier qui menait vers les champs. Sur la droite, j'avais repéré un énorme tas de bois, une pile de gros rondins, dans lequel j'enfouis ma tête à la recherche d'une potentielle souris ou autre proie, car je savais que Tex en trouvait souvent par ici. C'était un coin qu'il affectionnait particulièrement. Mais ce jour- là, pas de chance. Je ne vis rien. Je ne sentis rien. Aucune souris à l'horizon. Je continuai donc mon chemin. Sur la gauche, une baraque de chasse, déserte en cette saison, que je m'empressai d'aller explorer. J'en fis le tour à la recherche de quelques trésors cachés mais encore une fois sans succès. Ma déception fut immense. Poursuivant mon chemin, j'aperçus un peu plus loin, une minuscule cabane en bois, bricolée avec des rondins et des vieilles planches, d'où provenaient des cris étranges. Sur ce petit terrain entouré de grillage, je m'approchai lentement et je découvris alors un nouvel animal que je ne connaissais pas encore. Mais quels étaient donc ces étranges animaux qui ne se déplaçaient que sur deux pattes. Elles se promenaient la queue en l'air et la tête sans cesse penchée en avant, fouillant le sol à la recherche de quelque nourriture, passant leur journée à picorer. Elles avaient sur le dessus de leur tête une étrange collerette rouge. Elles se dandinaient d'un côté sur l'autre en caquetant très fort. Cette piste sérieuse m'avait conduit à ce piteux poulailler, rempli de poules pondeuses que j'avais mis un certain temps à repérer, et d'un coq fier et beau. Lorsqu'il poussa un violent « cocorico » je compris que c'était bien ce cri que j'entendais chaque matin à l'aube, dès le lever du jour. Toutes ces drôles de bestioles me tourmentaient, m'intriguaient. Je les entendais caqueter de toute leur voix. Trop beau pour moi ! Une opportunité à ne pas rater ! Recroquevillé sur moi-même, le ventre au ras du sol, j'avançai au ralenti, pour dénicher un trou suffisamment large pour y passer ma tête, le corps suivrait.

D'un seul coup, je bondis et me mis à en pourchasser une, puis deux. Affolées, elles se sauvaient dans tous les sens, une vraie débandade ! Les poules étaient devenues dingues en me voyant gesticuler en tous sens. Elles se cognaient les unes aux autres, tremblant, piaillant, allant jusqu'à même écraser leurs propres œufs. Mais grâce à ma ruse, mon sens de l'observation, de la discrétion, mon sens inné de la chasse, je stoppai net pour me cacher, aplati derrière un rondin. Je ne bougeai plus, immobile telle une statue. Ne me voyant plus, ces pauvres gallinacées, belles poules mais stupides, se sentirent de nouveau en confiance et revinrent tranquillement picorer leurs grains de maïs et les restes de pain dur, nourriture qui leur servait de repas. D'un seul bond, je bondis sur l'une d'elles au passage. Juste un cri perçant et sans avoir eu le temps de réagir, elle se retrouva entre mes canines pointues. Je n'avais encore jamais attaqué ce genre d'animal, pourtant mon instinct de chasseur avait repris le dessus. La poule était presque aussi grosse que moi, mais cela ne m'effrayait pas pour autant. Je la coinçais entre mes pattes, quand Tex, lui aussi poussé par sa curiosité, vint me rejoindre. Un seul coup avait suffi. La pauvre malheureuse n'avait pas eu le temps de souffrir. Je la reniflai profondément mais je ne la trouvai pas à mon goût. L'odeur de ses plumes ne me plaisait pas du tout. Elle avait remué légèrement ses ailes dorées en poussant un faible gémissement, avant de s'éteindre et d'aller rejoindre le paradis des gallinacés. Je la laissai donc là, couchée sur le sol, inerte, sans vie. J'avais réussi ma partie de chasse quotidienne et j'étais heureux. Je continuais mon chemin vers les bois, tranquille, en compagnie de Tex, quand j'entendis soudain un cri d'horreur, une voix rauque. Le paysan venait de découvrir le désastre et cherchait désespérément le coupable. Que de cinéma ! Que de remue-ménage pour une seule poule ! Car j'aurais pu lui en tuer plusieurs, si j'en avais eu le temps. Je me sauvai d'un pas plus alerte dans le premier fourré le long du chemin en attendant que le bruit se calme. Au bout de quelques instants, je pus enfin reprendre ma balade et terminer ma journée à respirer le doux parfum de mes arbres préférés.

*

L'hiver avait été plutôt doux cette année-là. La neige n'était tombée qu'une fois et les gelées matinales avaient été rares. Le printemps était arrivé plus tôt, dès le mois de mars. La nature reprenait ses couleurs. L'herbe poussait dru. Les arbres se garnissaient de feuilles nouvelles. Les premiers papillons volaient à la recherche de fleurs naissantes. J'entendais déjà les oiseaux piailler et je les voyais reconstruire leur nid. Leur chant harmonieux donnait une jolie musique à cet environnement. Le sifflement mélodieux du merle mâle à sa femelle, du haut de son arbre majestueux, heureux de lui annoncer une belle journée ensoleillée.

Puis le mois d'avril était arrivé. J'étais sorti dans le jardin pour profiter des premiers rayons du soleil printanier. Sa douce chaleur me procurait une sensation de bien-être. La lumière du jour illuminait la pelouse, faisant briller les brins d'herbes de mille étincelles. Je choisis un endroit bien précis pour dormir. J'étirai tous mes muscles. Je commençais à m'assoupir à l'ombre du grand tilleul, arbre centenaire, qui déployait ses lourdes branches, quand je me trouvai bien vite dérangé par des milliers de fourmis baladeuses qui passaient justement par cet endroit. Il fallait les voir, toutes en file indienne remontant sur leur dos leurs provisions jusque dans leur fourmilière.

À contre cœur, je décidai donc de changer de place et d'aller investir un endroit plus calme. Je montai m'installer sur le petit muret qui sépare le terrain de la maison des deux routes du village. Enfin, je pus m'endormir tranquille et profiter de la douce chaleur du soleil. Je m'étais allongé de tout mon long sur l'épaisseur du mur, les pattes étirées sur le côté. La tête bien posée à plat, mais les oreilles toujours en alerte. Malgré le silence presque parfait, mon ouïe si développée me permettait d'entendre le moindre son à plusieurs mètres alentours : quelques insectes voletants, les premières abeilles venant déjà butiner les fleurs du jardin. Je ne dormis que d'un œil, comme le font tous les chats à l'affût du moindre bruit, les oreilles en alerte.

Mais de nouveau ma tranquillité fut de courte durée. Je sentis bientôt une odeur étrangère, un bruit de pas inconnu et indésirable. Très vite, je me redressai. Je relevai la tête et du bout du chemin je vis approcher un de mes congénères, un matou, gros, énorme même, le ventre traînant presque par terre. Il avait dû aller traîner dans je ne sais quel champ. Ce devait être un chat errant, pas un chat de race, juste un chat de rue, borgne, mal embouché et malpropre, avec du noir, du gris, du roux, du marron dans les poils. Je remarquai aussitôt son pelage terne, mal entretenu, pas brossé, en bataille, hérissé. Il s'approchait prudemment et reniflait avec méfiance, la queue basse car il se savait sur un territoire qu'il n'avait pas respecté. Ce visiteur indésirable m'avait provoqué, il n'avait pas respecté le sens interdit condamnant l'accès à ma cachette. Il me dévisageait et moi je ne le quittais pas des yeux, le regard fixe pour hypnotiser cet intrus. J'étais sur mes gardes mais je restais immobile, la ruse suprême pour l'impressionner. Je simulais l'indifférence, l'observation tranquille. Il se rapprocha encore, à la fois méfiant et confiant, ignorant tout de mes réactions. Comme je suis très indépendant, je n'accepte pas qu'un étranger passe par chez moi. Quand surgit un intrus, je deviens méchant. Alors, le regard fixe et prolongé, je sortis le grand jeu, l'intimidation guerrière, le coup de bluff. J'adoptai une posture de menace défensive. Je fis le gros dos, hissé sur mes pattes, poil hérissé pour paraître plus haut, plus massif, plus impressionnant, le plus menaçant possible. Mes oreilles aplaties latéralement, moustaches en avant, mes pupilles dilatées, mes crocs bien en évidence. Ma queue en écouvillon avait doublé de volume. Puis le corps souple et silencieux je m'avançai lentement, le nez abaissé, les oreilles rabattues sur le crâne. La proie était assez proche pour me permettre de décliner mes arguments d'affrontement en vocalises puissantes, en odeurs soutenues et persistantes. Je me présentai de profil en me déplaçant en crabe. Je grognai et feulai plus fort que lui, pour le dominer et le faire fuir. Mais rien ne le fit se détourner et l'affrontement fut alors inévitable.

En un éclair, le temps d'un sursaut, je franchis le mur et je me retrouvai face à lui. Le corps ramassé, les moustaches pointées en avant vers l'ennemi, je fixai longuement, intensément, cet agresseur potentiel. Car je sais évaluer les risques en un quart de seconde et je sais d'où vient la menace. Je me jetai alors brutalement sur lui. Un combat puissant, agressif. Je lançai l'attaque, brève, fulgurante, les pattes en avant. Je me retrouvai les griffes plantées dans son dos, les dents acérées enfoncées dans le haut de son cou. Je serrai de toutes mes forces, secouant la tête de tous côtés. Je le roulai au sol en crachant. Je l'empoignai avec les pattes avant et je lui labourai le ventre avec celles de derrière. Je lui mordis la nuque avec acharnement en l'agrippant. Surpris par cette attaque soudaine, hurlant de douleur, il essaya en vain de se dégager en remuant. Je finis par lâcher ma victime. Il se sauva en me laissant dans la gueule une touffe de poils au goût amer. Je secouai la tête vivement. Ce chat, qui était deux fois plus gros que moi, n'avait pas fait le poids. Cet impressionnant matou n'était en fait qu'un poltron, un froussard, un peureux de premier ordre. J'avais gagné mon combat. J'étais bien le plus fort et j'en étais très fier.

Mais en voulant me redresser, je sentis une douleur atroce, abominable dans la hanche gauche juste au-dessus de ma patte arrière. Avec une grande difficulté, je me mis debout et je compris très vite que je ne pouvais plus poser ma patte sur le sol. Je revins à la maison tant bien que mal, en boitant, clopinant sur mes trois autres pattes et en miaulant de douleur. Floriane me conduisit en urgence chez le vétérinaire qui après un examen approfondi, en conclut que je m'étais fait une luxation, belle et franche. J'en fus réduit à porter un bandage très serré qui me comprimait la patte et le bas du dos. Des antibiotiques en complément pour une guérison plus rapide. Heureusement, je sais avaler ces petits cachets sans difficulté. Je fus quitte pour boiter pendant deux semaines complètes avant de retrouver mon parfait équilibre. Le bon côté de la chose ? Je fus encore plus câliné que d'habitude, ce qui n'était pas pour me déplaire, bien au contraire.

*

La semaine suivante fut très intense et riche en émotions. Je partis faire ma promenade quotidienne. J'empruntai le petit sentier de terre menant à l'entrée du bois. Le ciel était clair, sans un seul nuage, en ce début d'après-midi. Le soleil chauffait déjà fort, ces derniers jours de juin, à l'approche de l'été. Je longeai sur ma gauche un immense champ de colza d'un jaune vif, éclatant. Il avait été semé plus tôt en octobre de l'année précédente. Il en était maintenant à sa pleine période de floraison, juste avant de mûrir et de devenir d'un vert sombre avant la moisson. Je m'enfilai entre les tiges serrées, avançant une patte prudente sur ce terrain inconnu, poussé par ma curiosité naturelle, à la recherche d'une hypothétique souris, petit mulot ou autre rongeur. Mais cette odeur forte, entêtante, envahissante, m'étourdit soudain, me faisant tituber et trébucher. Je sentis ma tête se remplir de cette odeur empoisonnante et je me mis à éternuer violemment. Je dus sortir très vite de ce piège où je m'étais enfoncé, les pattes encore tremblantes, la respiration rapide, la tête bourdonnante. Sans savoir comment, je finis par rejoindre le sentier salvateur, où je m'écroulai sur le côté. Je mis un certain temps à reprendre mes esprits, respirant enfin à pleins poumons cet air pur qui m'avait tant manqué pendant quelques minutes. De nouveau sur mes pattes, je me mis à pousser un miaulement caverneux, un "miaaaoouu" si fort et si long qu'il résonna jusqu'au fond des bois. Je repris alors ma route sur le sentier.

Sur ma droite, s'étirait un pré si long que je n'en voyais pas le bout. Toujours poussé par ma curiosité intense, mon intérêt pour les choses nouvelles ou méconnues, je m'avançai vers le pré. J'avais repéré deux nouveaux animaux, hauts sur pattes, bien plus grands que moi. Les oreilles plaquées en arrière, les moustaches sur la défensive, à ras du sol, je m'avançai avec précautions. Puis, je m'arrêtai, prudent. Je n'avais même pas attiré l'attention de ces deux mastodontes, qui ne m'avaient pas remarqué. Alors confiant, je m'avançai de nouveau, bien droit sur mes pattes. En passant sous la clôture, détail que je n'avais pas remarqué tout de suite, je détectai au niveau de mes oreilles bien droites, le son étrange et inconnu d'un courant électrique. Je n'avais pas fait deux pas en avant, que ma queue bien dressée à la verticale, effleura la clôture. Je reçus alors une décharge de douze volts dans tout le corps. Douze volts ce n'est pas beaucoup me direz-vous. Mais pour moi qui ne pesais que cinq kilos à peine, c'était énorme. Je fus projeté loin en avant, le poil tout hérissé et je perdis connaissance un court instant. Quand j'ouvris les yeux de nouveau, j'étais entouré par deux ânes d'une beauté magnifique. C'est ainsi que je fis connaissance de Frisotin et Blacky. Frisotin, un jeune mâle de trois ans de la race du Cotentin, avait le poil d'un gris clair tourterelle, uni, tout frisé, ce qui lui avait valu son nom à sa naissance. Devant moi, la tête penchée, me regardait Blacky, un autre âne, un mâle normand de cinq ans, le pelage tout noir chocolat et coupé ras. Ils avaient tous deux le bout du museau et le ventre blanc. Blacky avait en plus le tour des yeux blanc, ce qui donnait l'impression qu'il portait d'étranges lunettes. Ses longues oreilles tournées vers ma tête, il semblait écouter avec attention si je respirais encore. Heureusement oui. J'étais bien vivant. Dieu m'avait épargné une mort atroce et m'avait gardé la vie sauve. J'ouvris un œil doucement. Je me redressai lentement sur mes pattes. Je remerciai le ciel d'être encore là et je fis quelques pas auprès de mes deux nouveaux compagnons. Je me mis à gambader à travers leur champ, me roulant dans l'herbe fraîche, suivi de mes deux compères, qui se mirent à galoper à mes côtés. Au bout d'un moment, Frisotin se coucha également. Je m'approchai de lui et je me hasardai à grimper sur son dos. Les pattes en équilibre plutôt instable, je m'installai à califourchon. C'est alors que Frisotin se redressa lentement et moi, toujours agrippé à son dos, me voici surélevé d'un bon mètre vingt en hauteur. Il fit quelques pas en avant, puis sur le côté, rejoignant Blacky non loin de là. Je trouvai ce jeu plutôt amusant. J'enfilai mes griffes doucement dans son dos, juste assez pour tenir l'équilibre, sans vouloir lui faire de mal. J'étais comme sur un manège, qui ne tournait pas en rond mais avançait tout droit. Enfin presque tout droit. Car Frisotin avançait droit devant lui sans savoir exactement où il voulait aller. C'est alors que Blacky poussa un hennissement sourd et sauvage à la fois. Frisotin, surpris par ce cri inattendu, se mit à hennir à son tour et à se secouer brutalement. Et ce qui devait arriver, arriva. Je fus précipité sur le sol violemment. Mais sans blessure aucune. Je me redressai sur mes pattes et je repartis dans une course folle à travers le champ. Courant d'un bout à l'autre, revenant sur mes pas, repartant de plus belle dans l'autre sens, me faufilant entre les pattes de Frisotin et Blacky, au risque de les faire trébucher. Mais cela me plaisait. J'étais le plus heureux des chats en cette belle journée.

*

Comme la plupart des chats, et sûrement aussi de mes cousins les félins, l'espièglerie est une de mes spécialités. À la moindre occasion de faire une bêtise, je suis toujours le premier. Que voulez-vous, même malgré mon âge avancé, je suis resté d'un naturel très joueur.

Je me souviens qu'un samedi, Floriane et Rodolphe avaient décidé de faire la vidange de leur voiture. Moi bien sûr, je ne savais pas de quoi il s'agissait, mais j'étais bien curieux de voir cette nouvelle activité de mes maîtres. Me voilà donc dans le garage à tourner autour de ladite automobile, à renifler et à laisser traîner ma truffe un peu partout, même là où il ne faut pas, surtout là où il ne faut pas, devrais-je dire et c'est cela qui me plaît. Comme tous les enfants, je vais là où c'est défendu, c'est bien plus amusant. L'opération vidange était enfin terminée, et un liquide noir, épais et poisseux, s'écoulait lentement dans un bac allongé. D'un bond, je sautai par-dessus, pour aussitôt entendre les hurlements de Floriane :

— Veux-tu te sauver et aller jouer ailleurs, tu vas finir par tomber dedans !

Mais bien sûr, n'en faisant qu'à ma tête, je recommençai de plus belle. Et encore une fois, ce qui devait arriver arriva ! Une distance mal calculée, mal évaluée, un bond un peu trop court et je me retrouvai les deux pattes arrière dans le liquide visqueux. Je sortis aussitôt de cette huile peu ragoûtante, les membres postérieurs imprégnés de graisse. Je me secouai vivement, laissant derrière moi des traces sombres et des centaines de gouttes noires qui dessinaient de jolis motifs étranges sur le sol du garage. Mais ce n'était pas du tout l'avis de Floriane qui criait à pleins poumons derrière moi en essayant de me rattraper. Quand elle y parvint, elle me saisit et me serra sérieusement les pattes. Rodolphe vint à sa rescousse. Avec des tonnes de chiffons, ils essuyèrent le plus gros de l'huile de vidange car je voulais commencer à me lécher pour me laver. Je ressemblais à un sanglier avec mes pattes noires et ébouriffées. Floriane, un peu affolée, il faut bien le dire, prit le téléphone et appela aussitôt Vinciane, son amie vétérinaire pour savoir comment me nettoyer au plus vite, afin d'éviter une infection par la peau ou par ingestion, au cas où j'en avalerais en me lavant, car c'est un produit, très toxique et dangereux. Floriane, suivant les conseils professionnels, remplit le bac de l'évier de la cuisine avec de l'eau tiède et y ajouta une dose de liquide vaisselle doux. Je fus ensuite immergé à demi dans ce liquide à l'odeur légèrement citronnée. Pendant que Rodolphe me serrait fortement dans ses mains, Floriane me frottait vigoureusement avec un gant pour enlever le plus gros, me lessivant, me décapant, et me dégraissant, avec grande minutie pour ne pas abîmer mon pelage. Mais pour vous dire franchement, je n'aimais pas beaucoup ça et je me débattais assez vigoureusement, battant avec force ma queue de droite à gauche, provoquant de grandes éclaboussures, inondant toute une partie de la cuisine, et mes maîtres par la même occasion ! Au bout de plusieurs minutes d'efforts intenses et acharnés, je retrouvai enfin ma silhouette de beau félin.

Autre souvenir : nous étions fin décembre. Noël était passé. Le repas en famille, les cadeaux pour les enfants…. Mais l'effervescence des festivités était encore présente. Comme d'habitude à cette période-là, moi aussi j'avais droit à mon cadeau : un nouveau collier, un nouveau jouet, une nouvelle gamelle. Toutes ces petites attentions que je ressentais comme une marque d'amour de la part de Floriane et Rodolphe. Ce soir-là, le soir du réveillon du jour de l'an, Floriane avait concocté un repas bien festif en l'honneur de son invitée. En effet, elle recevait une amie très chère qu'elle n'avait pas revue depuis plus de trente-cinq ans. Elles s'étaient rencontrées sur les bancs de la maternelle quand elles habitaient Paris. Elles avaient grandi dans le même quartier. Elles avaient suivi les mêmes études ensemble, partageant toujours la même classe jusqu'à la terminale. Elles étaient devenues inséparables et leur complicité les avaient rapprochées de jour en jour. Puis elles avaient suivi des voies différentes. Floriane avait préféré l'enseignement des maths tandis que son amie Fabienne avait choisi la médecine. Les années étaient passées et son amie de toujours était partie s'installer en Italie où elle avait rencontré son mari. Depuis ce jour-là, elles s'étaient perdues de vue. Mais elles avaient repris contact grâce à la magie d'Internet. Donc cet hiver-là, Fabienne avait fait le voyage d'Italie pour revoir son amie.

   Pendant que Floriane préparait le repas, j'étais resté dans les parages. Je mettais ma truffe partout et surtout là où il ne fallait pas ! J'avais donc repéré que sur la table de la cuisine trônait un énorme plat de coquilles Saint-Jacques que Floriane avait mis tout son amour à préparer. Alors que tout le monde prenait l'apéritif dans le salon, je me glissai furtivement dans la cuisine, grimpai sur la table avec une certaine agilité et en deux temps trois mouvements, je m'emparai de plusieurs de ces délicieux trésors. Sautant de la table avec mon précieux butin en équilibre dans la gueule, je me précipitai dans un coin, à l'abri des regards pour me régaler. Soudain, j'entendis Floriane pousser de grands cris, elle connaissait hélas très bien le coupable !

*

   Les années passaient. Je gardais mon âme de jeune chat joueur. J'avais découvert un nouveau jeu que vous appelez « cache-cache ». Mon plaisir sans limite était de me réfugier sous le fauteuil et de laisser Floriane me chercher partout en m'appelant de tous côtés. Je restais enfoui dessous, bien à l'abri, recroquevillé, me faisant tout petit, en boule, ne bougeant pas d'une oreille, même pas d'une moustache, immobile, n'osant même plus respirer. J'attendais quelques minutes. Puis je me risquais à sortir une patte lentement, surveillant les alentours avec attention. Puis je rentrais de nouveau me cacher et là je me posais sur le dos, les pattes au-dessus de moi à la verticale. Je me mettais à gratter le dessous du fauteuil, arrachant le tissu rouge foncé de mes griffes acérées. Entendant ce bruit de griffure, Floriane me retrouvait bien vite. Quand elle soulevait le fauteuil, ma cachette était découverte. Je m'enfuyais alors à toute allure sous l'autre fauteuil, l'exacte réplique du premier, où je recommençais le même stratagème. D'abord caché, sans aucun bruit persuadé que personne ne m'avait repéré. Puis après quelques instants, je griffais de nouveau, avec plaisir, le même tissu rouge foncé. Et bien entendu, Floriane me trouvait de nouveau. Elle soulevait le fauteuil dans un éclat de rire. Je sortais alors de ma cachette et venais me frotter contre ses jambes pour obtenir le câlin qui m'accorderait le pardon de mes bêtises.

Chapitre 16

JE SUIS UN CHAT HEUREUX

Nous sommes déjà en 2015. Je vais bientôt avoir treize ans. Et quand je regarde en arrière la vie qui a été la mienne, je peux vous dire que je suis vraiment un mâle heureux, mais surtout pas « malheureux » ! Cette vie bien remplie a été chargée d'aventures extraordinaires, riche de journées fantastiques et de rencontres merveilleuses. J'ai vécu des années formidables auprès de mes maîtres qui m'ont comblé de bonheur.

S'il est vrai que les chats sont d'un caractère solitaire, j'ai aimé pour ma part le contact de mes autres congénères avec qui j'ai pu partager des moments insolites. J'ai également apprécié la compagnie de certains êtres humains.

Une personne peut apprendre beaucoup d'un chat en nous regardant vivre. Pour ma part, j'ai appris à vivre auprès de mes humains, chaque jour intensément, avec mon inépuisable énergie, ma joie. J'ai appris à saisir l'instant, chaque petit moment de bonheur, à suivre les élans de mon cœur. J'ai appris à apprécier les petites choses simples de la vie : une promenade dans les bois sous le feuillage coloré de l'automne, une chute de neige en hiver, ou une sieste au coin du feu par les jours de grand froid.

Je suis par nature d'une indéfectible loyauté. Je juge les autres, non pas en fonction de leurs croyances ou de leur couleur de peau, et comme les symboles de prestiges ne signifient rien pour moi, je les juge en fonction de ce qu'ils sont vraiment, s'ils sont sincères et affectueux. Je me fiche pas mal de savoir s'ils sont pauvres ou riches, intelligents ou bornés. Qu'ils me donnent leur cœur et je leur donnerai le mien. Je suis un joyau de l'existence. Quand les gens m'approchent, je sais reconnaitre d'instinct s'ils aiment vraiment les animaux, je leur accorde alors le droit de me faire juste une petite caresse. Si ce n'est pas le cas, je le leur fais savoir en grognant et en feulant violemment.

Avec mon expérience, je peux vous affirmer que la plupart des chats que j'ai rencontrés n'ont pas eu cette chance. Je connais même des chiens qui sont condamnés à rester à la maison quand leurs maîtres partent en vacances, ou pire encore qui sont abandonnés sur le bord d'une autoroute. Comment peut-on faire une chose aussi abominable ?

Malgré mon petit cerveau (en taille) je crois bien posséder une intelligence supérieure à la moyenne, comme certains chiens. En effet, je peux comprendre une quarantaine de mots et j'en connais parfaitement leur signification, surtout les principaux et en premier je reconnais mon nom quand on m'appelle. Je me retourne alors vers la voix qui vient de le prononcer et j'émets un léger ronronnement.

Le mot « croquettes » me plait bien car je devine qu'il est l'heure du repas et je sais exactement dans quel placard elles sont rangées.

Puis le mot « souris » qui signifie, non seulement mon jouet, la détente, le jeu, mais aussi la chasse et l'instinct du félin que je suis.

Et enfin un nouveau mot que j'ai découvert avec bonheur : « camping-car ». C'est pour moi le signe des voyages, d'un départ en week-end, des vacances, de l'aventure ou des randonnées en forêt comme je les aime tant !

Mon univers me ressemble. Je suis un véritable comédien doué d'indéniables talents. Je suis capable de faire chaque chose et son contraire. Apprécié pour mon silence, je peux tout aussi bien me lancer dans des concerts de miaulements, surtout pour obtenir ce que je veux. Comme tous les félins, je peux alterner calme et agilité, délicatesse et puissance, tendresse et férocité.

Vous avez donc compris que tout au long de ma vie, j'ai été comblé. J'ai parcouru la France dans tous les sens, de la mer à la montagne. J'ai visité de merveilleuses régions. J'ai eu l'occasion, à de multiples reprises, de partir en voyage, et de voir tant de paysages.

Je terminerai sur une pensée du célèbre écrivain Victor Hugo qui disait : « Dieu a créé le chat pour que l'homme ait un félin à caresser ». Quel plaisir en effet, de se faire caresser par la main si douce de son maître et de ceux qui nous aiment.

Si un chat peut vivre jusque vingt ans, voire un peu plus, il me reste encore de belles années devant moi et plein d'aventures à vivre. Car Floriane et Rodolphe ont déjà prévu bien d'autres voyages…..

Remerciements

Je tiens à remercier tout particulièrement mon mari sans qui ce livre n'aurait jamais vu le jour et qui m'a encouragée à aller jusqu'au bout.

Un grand merci également à mes amies et collègues qui m'ont soutenue pendant ces mois d'écriture, et à ma relectrice pour son travail et sa patience.

Et enfin un énorme et tendre câlin à mon chat qui m'a permis de réaliser mon rêve.

© 2024, Fabienne JEANNE

Édition: BoD – Books on Demand, info@bod.fr

Impression : BoD – Books on Demand, In de Tarpen 42, Norderstedt (Allemagne)
Impression à la demande

ISBN : 978-2-3225-4303-8
Dépôt légal : Septembre 2024